Per Holt

Andre klassikere udgivet ved Poul Erik Kristensen:

Jeppe Aakjær:

Fra min bitte-tid (erindringer). 2016.

Drengeår og knøsekår (erindringer). 2016.

Hedevandringer (kultur- og naturbeskrivelse). 2016.

Vredens børn (roman). 2016.

Bondens søn (roman). 2016.

Arbejdets glæde (roman). 2016.

Vadmelsfolk (noveller). 2016.

Johan Skjoldborg:

En stridsmand (roman). 2017.

Gyldholm (roman). 2017.

Henrik Pontoppidan:

Isbjørnen (roman). 2017.

Alexander Rasmussen:

Forvalteren på Lindenborg (roman). 2017.

Johan Skjoldborg

Per Holt

© 2017 Poul Erik Kristensen
Forlag: BoD – Books on Demand, København, Danmark
Tryk: BoD – Books on Demand, Norderstedt, Tyskland
ISBN 978-87-7188-490-6

Udgiverens forord

Johan Skjoldborg (1861-1936) regnes vel ikke i dag blandt Danmarks store forfattere, men ingen har dog overgået hans beskrivelser af de danske husmænds vilkår. Her har han præsteret nogle klassikere, som vil holde mange år endnu. Hans første roman blev udgivet i 1893. Herefter kom der nye titler med jævne mellemrum, og flere kom endda i adskillige oplag.

Men tiden går, og retskrivningen ændres. Derfor har jeg i 2017 med nænsom hånd redigeret enkelte af Johan Skjoldborgs bedste bøger for at fjerne nogle irritationsmomenter for nutidens læsere. Her har mit udgangspunkt været, at hvis jeg var i tvivl om det rimelige i at foretage en rettelse, fik Skjoldborgs egne ord lov til at bestå. Forfatteren har med andre ord hele tiden stået over grammatikken.

Navneord skrives med lille begyndelsesbogstav, med undtagelse af forskellige egennavne ændres aa til å, gamle stavemåder erstattes af nutidens, og enkelte ord erstattes af nye, der er mere forståelige. Endelig er der også hist og her, men bestemt ikke i noget stort omfang, blevet ændret en smule på tegnsætningen.

Skjoldborg lader sine hovedpersoner tale dialekt, men han gør det på en sådan måde, at det næppe giver forståelsesmæssige problemer. Skulle der imidlertid være en enkelt svipser, vil oversættelsen formodentlig kunne findes inde på nettet i ordbog over det danske sprog.

Poul Erik Kristensen

1

Per Holt var altså jaget fra Gyldholm. For at rense giftstoffet ud. Man skulle ikke på Gyldholm have folkene smittet mere af de moderne oprørstanker; det kunne være galt nok, som det var. At vogte og at værne imod den slags, det var en pligt, som dannede mennesker havde både over for Gud og for samfundet.

Herregården ville ikke engang give sådan en urostifter vogn til at køre hans ejendele bort på. Per havde måttet leje Mikkel Krat fra Knurrhuset, ham med den gamle sorte hest, der har en pukkel på ryggen ligesom han selv.

Da Per Holt vender sig i skovleddet og kaster et blik tilbage til Slottet, til herregårdsmarkerne, laderne, staldene, herregårdshusene, den verden, den atmosfære, han hele sit liv har levet i, da føler han, at med det helvedes liv på herregården har han nu for stedse taget afsked.

Da han er inde mellem træerne, og skoven lukker til bag ved ham, står det ham klart, at med det afsnit af sit liv er han færdig.

Sofie ånder dybt ud og sukker: "Gud ske lov." Et øjeblik letter de mørke minder fra hendes bryst og flyver bort som en flok fugle. Den svale, duftende skovluft ånder velgørende over hendes trætte øjne, og hun ser glad op til Per. De to har de samme tanker nu.

De har aldrig følt skoven så frisk som i dag. Som et bad virker den på dem. Dens duft er liflig, den stryger så meget tyngende bort af sindet. Og se, hvor stolte de frodige bøge hvælver sig over den grønne bund med de fine skovmærker og de blinkende solpletter! Hør insekternes sydende summen! Der lyder en solsorts mørktklingende tone dybt fra skoven, og der bliver så liflig ensomt.

Per og Sofie ser til hinanden, som om de på en ny måde forstår hinanden i denne stilhed.

Og de synker smilende hen i drømme.

Om nye tider.

Indtil de skrumler over en bro, der er knudret af sten, så deres fattige flyttegods rasler.

En bæk iler af sted under broen, så hastig, så hastig, ud i landet. Den vej skal de også.

Ja, der ligger altså fremtiden ude.

De er snart igennem skoven og ser bondebyerne foran sig.

Her i disse stille landsbyer er livet helt anderledes end på den brølende herregård.

De ser igen til hinanden, Per og Sofie. De har begge den samme tanke i deres sind og det samme håb i deres øje. Men så ser de Falling Kirkegård forude til højre, og Sofie begynder at græde.

Der er ingen ting at gøre ved det. Siden ulykken med børnene falder hun ofte hen i en sådan hjælpeløs gråd.

Per er omhyggelig for hende, og han trykker hemmeligt hendes hånd. Også Mikkel Krat, den grimrian, der småsnakker med hesten, fordi han forstår, de andre er optaget af deres, og fordi hans mund ikke godt kan stå stille, også han ser fuld af medfølelse hen til hende. Begge mændene vil, at hun skal mærke deres forståelse af, hvor ømt hendes sår er.

De holder ind til Falling Kirkestætte på den side, der vender fra byen.

Og så følges Per og Sofie hen til de tre smågrave, de har liggende her.

At deres små børn skulle sådan omkomme, fordi de begge måtte være fraværende til arbejde på herregården... hele ulykkens gru fra ildebranden vælter ind over dem begge to.

Sofie bøjer sig ned over gravene, som hun klapper med sine hænder, som var det børnene selv i levende live. Hun knuger sine hænder, som om hun vil bede de små sjæle om forladelse for, at hun ikke var hjemme hos dem dengang.

Hun skriger højt af fortvivlelse. Per ser sig om og tysser kærligt på hende, hvad der også synes at hjælpe.

Men pludselig kaster hun sig på knæ, og idet hun virrer med hovedet, mumler hun frem ganske uforståelige ting. Alene af lyden hører man, hvor hendes hjerte pines...

Per løfter hende op og kysser hendes forgrædte ansigt. Og han fører hende ud af kirkegården, hen, hvor Mikkel Krat venter med den sorte.

Sofie trættes efterhånden af gråden og dysses i ro, inden de kommer til Ørum.

Ved at se landsbyens mange småhjem, hvad han egentlig først i dag lægger mærke til, ved at se, hvor fri og hyggelig hver familie synes at leve bag sin have, siger Per uvilkårligt: "Ja, dette her er dog noget helt andet end på herregården!"

"Ja, Per," svarer Mikkel Krat, "a tror også, du gør klogt i at drage her ud!" Mikkel savler ned på vesten; den tunge pibe hænger stadig i mundvigen, og han flytter den aldrig derfra. Mikkel kræmter, han er helt glad ved, at man kan tale igen. "Hæ, hæ, a kinner hver hus og hver gård her, fra Århus og til Randers, og hvad manden hedder, hæ, hæ, - det er jo fra den tid, a kørt fragtvognen. Ham der er Lars Thomsen, så kommer Per Monsen, så Kristen Bilidt - ja, det er jo sådan et kendingsnavn, forstår du, hæ..."

Der kom en lang remse. Men Per hører ikke efter. For inde fra højskolens have lyder pigernes sang så sommerlig frisk og ren:

> "... i de grønne dale
> mellem nattergale
> og de andre fugle små, som tale."

"Se, sådan noget er gået os forbi," siger Per.
Hun ser sørgmodig derover.

Ved omdrejningen ligger et lille bindingsværkshus med sorte stolper og rødtavlet mur. Stokroserne strækker sig som børn på tæerne og kigger ind ad vinduet. Der er to korte gange i haven, den ene randet med brede buske, der hænger dryppende fulde af tunge, lodne stikkelsbær, og den anden med solmætte, funklende ribsklaser.

Det hus suger Per og Sofie ind med øjnene, og de vender sig helt om for at se efter det endnu engang. -

Der stod to kvinder ved gavlen og gloede. De stak hovederne sammen. "De, dér kørte," sagde den ene, "var det ikke dem, hvis børn brændte inde på Gyldholm?"

"Jo, vist var det så," svarede den anden. "Ok, det sølle pak, hvor mon det nu skal hen?"

Køretøjet vakte opmærksomhed, hvor det kom frem. Først det sorte, kantede øg med puklen på ryggen, og så godset, - pjaltede sække, hullede madrasser, stole med knækkede ben, skårede potter og bøtter - det så ikke ud til, at der var et eneste ordentligt stykke i hele læsset.

På den anden side Falling og Ørum åbnede det vide land sig for dem, der hvor landevejen fører ud.

Fra den grønne bund i den støvede landevejs grøfter stråler gult og rødt og blåt. Der er den brusende snerre, knopurten og de fine klokkeblomster.

Men skønnest af dem alle er kornblomsten og den lynende valmue; de står enkeltvis inde mellem kornets strå og titter til de vejfarende.

Til hver side strækker sig uendeligt ud over det bakkede landskab kornmarkernes rige vange. Langs jorden driver den sødligste sommerduft; højt oppe i den lyse luft sejler de yndefulde skyer... og hvor man ser sig om, ligger alt i sol - i gylden sommersol.

De på vognlæsset vågner op til beskuelse og til glæde.

Selv børnene gør store øjne.

Aldrig før har Per og Sofie foretaget en køretur ud i landet, og aldrig havde de tænkt sig det så festligt. Den blide vind er som en venlig hånd mod deres kind. Sorgerne svinder hen. De tror på fremtiden...

Nu må Mikkel til at snakke; der skal jo da være mening i al ting.

Også han føler sig glad ved turen; han har også lidt undselig skævet til blomster og den slags; men sådan noget er ikke til at snakke om.

Så spytter han og siger: "Det kommer nok til at gå for dig, Per, når du nu kommer der langt hen."

"Ja," svarer Per, "det skal nok gå. Nu står høsten for, og mosearbejde er der nok af der, hvor vi skal bo, så det skal nok gå, Mikkel!"

"Det var vist godt, at du kom fra det herregårdsliv, Per."

"Ja, det var noget bødleri, dér. Det er nok et andet liv ude hos bønderne, tror du ikke, Mikkel?"

Mikkel misser og blinker med øjnene; det er, når noget tager på hjernen.

"Ja, Per - a ved ikke - jow - ja - på måder!"

"Man er i alt fald en fri mand." Per tager en frisk skrå.

"Ja," siger Mikkel livlig, "en fri mand, det si'er a også. Du forstår nok, Per, a er ikke millionær, hæ - hæ!" Mikkel kommer til at grine så stærkt ved den tanke, at han er ved at kvæles i hosten og spytten, for piben den flytter han jo ikke. "Nej, hæ, hæ, a er en fri mand. A kan spænde den sorte for, og a kan fandme også spænde hinner fra, når det passer mig." Der kommer et morsomt blink af løjer i Mikkels griseøjne. "Ja, du har altså været dragon, Per. A skulle ha' været det; de ville nok ha' tavn mig til det, hvis a ikke havde haft den bette fejl." Mikkel griner ved tanken om sin pukkel.

"A tro'de, du var kommen til skade, Mikkel," siger Per.

"Nej, a er fandme født med den, hæ, hæ... Men så blev a fragtmand, å se forstår du, så fik en jo alligevel med heste at gøre. Og se, hæ, - ja, det ved du vel ikke, men når a nu si'er til den sorte - nu skal du bare se - når a nu rører hinner tre gange med pisken på den venstre bov, så'n, og si'er: Du er skudt, du er skudt! Så krebler hun, hun kan ett vel gå! Hæ, hæ - kan du se."

Per bliver meget forbavset, for det er rigtigt, hvad Mikkel siger.

"Nej, det har du ikke tænkt, men så snart a så si'er: Hyp, hyp, åhej! - Kan du se - så render hun sateme som en hjort - hæ... A skal love dig for, Per, der kunne ha' blevet en cirkushest ud af hinner, Per, hvis hun ett havde haft den bette knop på ryggen, hæ, hæ, li'som..." Han griner, så han får tårer i øjnene.

Sådan bliver Mikkel ved længe.

Folk, der kommer forbi, kigger efter køretøjet, og vinduerne i de huse, der ligger ved vejen, fyldes hurtigt med ansigter. Det rige sollys, der kaster sin glans rundt om på det friske og skønne, der gror, blotter nemlig ubarmhjertigt flyttelæssets elendighed.

Det er fattigmandstoget midt i sommerens lyse herlighed.

De to småbørn sover, og Sofie er ikke langt fra det. Det er døsende at skumple hen ad en vej.

Per hører ikke mere efter Mikkel; han sidder i sine egne tanker og spytter den ene plask ned i vejstøvet efter den anden; så ivrigt tygger han på skråen.

Der kan være nok for sådan en mand at tænke på.

Endelig ses en krostald forude.

Mikkel svingede nok så flot ind i porten. Her stod et par bønder og en bondeslagter i hvid støvfrakke; de grinte ad dette her optog, skubbede hinanden på albuerne og nærmede sig.

"Hvem er den her mand?" spurgte den ene bonde nok så uskyldigt.

"Det er såmænd Mikkel Krat fra Knurrhuset," svarede Mikkel og spyttede.

"Det er vist et skønt øg, du har der?"

Den anden bonde klaskede hånden ned på puklen af den. "Er den ikke lidt i slægt med kamelerne?"

"Ha, ha, ha!"

Og slagteren tilføjede højt og drilsk: "Ja en eller anden ting udenlandsk er der fanden piske mig ved dyret."

De morede sig og grinede så hånligt ad Mikkels øg.

Mikkel svarede dem slet ikke. Han stod så roligt og spændte hovedlaget af den sorte; han stak sin hånd op under manken og klappede den på halsen. Men han var noget bleg.

Sofie og børnene var gået ind i kroen, men Per stod derved og hørte efter dette her.

Han begyndte at trække luften rask ind og ud gennem næsen, fordi de hånede Mikkel Krats fattige øg.

Så siger den ene bonde for at gøre nar af Mikkels savlen: "Du tabte noget ned på din vest, bette mand."

"Ha, ha, ha!"

Da trådte Per Holt rask til og spurgte, hvad meningen var.

Men bønderne stod og skrævede så spræge og selvgode og grinede endnu mere.

Da så Mikkel, at det lynede i Pers øjne, og han greb ham om armen. "Kom, Per!" sagde han og trak ham med over til krostuen.

"Er bønder sådan?" spurgte Per.

"Der er forskel på bønder, men når de er af den her slags, så er det så møj no'en ringe mennesker," svarede Mikkel Krat i en bedrøvet, erfaren tone.

De andre inde i porten talte indbyrdes om ham, den unge; han var nok en vigtig prås, og ham skulle de have mere sjov med. Så bad de staldkarlen om at stille en af deres heste således, at den kunne nappe i Pers sække og madrassen på flyttelæsset. Staldkarlen var træl nok til at føje dem.

Så gik de også til kros. -

Efter en tids forløb kommer ud af krodøren først Mikkel, så Holtfamilien, derefter de to bønder og slagteren.

Per mundhugges med dem. Slagteren falder i snak med en handelsrejsende, der er kommet til, men de to bønder bliver ved efter Per.

Da de nu kommer ind i porten og Per ser, at den fremmede hest har revet i hans fattige madras, forstår Per straks sammenhængen og spørger, hvis hesten er.

"Det er såmænd min," svarer den ene bonde med et drilagtigt smil.

"Vil du betale skaden?" spørger Per med et udtryk, der viser, at han har varmt blod i årerne endnu.

Men bonden skoggerler og slår til et fremstikkende stoleben, så det ryger af.

"Sådant noget råddent skidt; hele møglæsset er ikke 25 øre værd, ha, ha."

Da slynger Per som et lyn sin knytnæve i ansigtet på bonden, så han synker baglæns ned mod jorden.

Sofie, der står tæt ved, ser ganske rolig til, som om hun tænkte: "Ja, det har han godt af."

Den bonde, der ikke er blevet slået, skriger og råber på slagteren, at han skal komme ind til den her røver, der er i stalden.

Men Mikkel skynder sig at få rinket op. "Skynd dig," hvisker han til Sofie, "lad os komme op og af sted."

Slagteren skrider stor og bred hen foran Per med sin kørepisk i hånden som en stav. "Hvad er der i vejen, min dreng?"

Både Mikkel og Sofie hvisker: "Kom nu op, Per, kom, kom!"

"A skal først ha' dette her gjort færdig," svarer han ganske rolig.

"Hvad skal sådan en hvalp som dig ha' gjort færdig?" siger slagteren og slår Per med pisken.

I samme øjeblik får slagteren stolebenet i hovedet, så blodet løber ned af hans hvide støvfrakke, og han må hen til pumpen.

"Ja, han er sgu da en røver," råber den ene bonde. "Å, Herregud! Det her ser galt ud, Herregud!"

Kromanden kommer ud. "Da er det godt, du kommer, Jensen, for her er en skidt person i stalden."

Mikkel og Sofie beder fremdeles Per om at sidde op.

Men Per står helt rolig med stolebenet i hånden og ryggen mod læsset, som om han står på vagt. Hans underbid er stærkt fremtrædende, og han trækker de sorte varulvebryn sammen.

Han forklarer kromanden sammenhængen.

"Ja," sagde kromanden, "det er der ikke noget at gøre ved. De folk her, det er sognets gode folk, og a kan nok se, hvad du er for en. Se nu at komme af sted! - Så, så, så! - Ikke mere om det, så, af sted, af sted, skynd dig..."

Da køretøjet kom ud på landevejen, stod bønderne i porten og råbte efter Per.

Men Mikkel Krat, han grinte, og det blev han ved med omtrent en halv fjerdingvej.

Per blev også i godt humør, og det samme gjorde Sofie; de var blevet helt oplivet ved optrinet i kørestalden.

"At du tør, Per, ha, ha," lo Mikkel, "a forstår det sateme ett... Du skulle lige have set ham, i hans ansigt, ha, ha" - Mikkel blev helt henne i hosten og harken.

Per lo småt af det hele.

"Men de har godt af det, de bette svend', så kan de la' fattigfolk være i fred... Og slagteren, han tabte mælet lige på jen gang - å, dævlen gåleme, hæ, hæ."

"Ja, ja," sagde Per livligt, "det var altid en lille oplevelse. Nu vil vi ha' en dram, Mikkel. A købte en pægl, vi kunne ha' og more os lidt med på rejsen, skål!"

For første gang tog Mikkel piben af munden, idet han kyssede flasken.

"Ja, ja, Per, et spøg og et andet alvor, og der er aldrig så gal en abrigåndt, der er jo alvor iblandt - nu vil a rigtig ønske, det må gå jer godt, og at du må blive rask, bette Sofi'." Han vendte sig helt om og så så venligt til hende. "Tiden er den bedste læge," tilføjede han i et helt højtideligt bogsprog.

"Tak skal du ha', Mikkel," sagde Per, "fordi du så billig hjælper os med at flytte."

"A skal sige jer jen ting, Per og Sofi', de si'er, te de store kender hinanden, men de små kender sateme også hverandre, hæ, hæ."

"A har en god håb til fremtiden, Mikkel, der må jo da komme lysere tider."

"A tøkkes også," indføjede Sofie. Hun sukkede: "Bare a må blive rask - vi er der vel ikke så snart?"

"Nej, bette Sofi', vi skal mindst igennem to kroer endnu. Men dem klarer vi også nok, hæ, hæ... å, dævlen gålemæ, hæ!"

2

Tidligt morgenen efter trådte Per Holt ud af døren til sit ny hjem i Højby Mosehus. Der lå nogle flere hytter ved den vestlige moserand, lige under de bratte Højby Bakker, men af selve Højby kunne man kun mod syd i vejsvinget om bakken se de første gårde.

Fra Per Holts strakte moselavningen sig ud imod sydøst så langt, som himlen var blå. Og til hver side af denne lavning løftede sig runde, brede muldbanker med spredte gårde på.

Her var altså pladsen, hvor Per skulle leve. Han så rundt om - så meget mose, så meget frugtbart bondeland, så meget arbejde.

Ja, nu var han en fri arbejder og ikke et tyende som på herregården. Han kunne tage arbejde, hvor han ville, og var ikke bundet som en hund i en lænke...

Han løfter sit bryst og fylder sine lunger med den friske, duggede morgenvind, der fra mosen kommer strygende ind imod ham.

Og porsen! Jo, det var porsen, det er den vellugtende pors, hvis duft morgenvinden fører med sig.

Han smiler af velbehag.

Højby Å derude og engene der omkring damper, så højbroens stolper og rækværk synes ganske mægtige i tågen.

Nærmere ved ligger disen så fint som et spind over mosens lave buske.

Men solen brænder i den kogende morgen, så tågen og den blå dug svinder hen. Og til sidst ligger hele egnen i et tindrende sollys, duftende frisk og ny.

Per Holt har ikke før lagt mærke til den slags. Nu synes han, at aldrig i hans liv er en dag kommet så smuk imod ham.

Og det er, som om den gavmild rækker ham lys og lykke i hans hænder.

Jens, den store dreng, kommer ud og står stille bag ved faderen. Snart indfinder også Sofie og de små sig. Det er, som om Holtfamilien ikke havde sovet roligt den nat for at komme op og se det ny. De higer ud for at se og høre - længes efter noget.

Og da den lille pige, Maren, som moderen bærer på armen, ser solen, rækker hun hånden ud efter den, og hun råber højt af glæde.

Per griber barnet, idet han smiler til Sofie - han må løfte den lille pige og kysse hende.

Og hun ler og råber igen højt af glæde ud imod solen.

Holtfamilien står en kort stund tavs og andagtsfuld, mens solen viende øser sine stråler over dem.

Så må de til at se sig om. De kom nemlig først hertil i aftes, da dagen var omme.

Det er bare et lille firefagshus med små vinduer, men de kan her have det så herligt for sig selv. Og det lille hus ligger i grunden så skønt der i solen med blink i vinduesglasset. Der mangler ganske vist et par ruder, kalkpudset er drysset af væggen hist og her, og der er også revet totter af taget, - men sådan noget det kan jo rettes.

De går lidt rundt på den plet havejord, der hører til huset. Det er ikke mere have, tilgroet med græs som det ligger; der står spredt nogle små birke, der synes at være vandret herop fra mosen. En hyld er det eneste, der vidner om, at menneskehænder engang har plantet her, men den står og kryber kummerligt sammen i et hjørne. Jo, så er der også en halvkvalt stikkelsbærbusk, på hvis mossede grene der endnu hænger nogle rådne klude fra de forrige beboeres tid.

"Det ser ud til, at de folk, der boede her før, har været så meget fattige," bemærker Sofie.

"Ja, for dem er det groet helt sammen, kan man se," svarer Per. "Og mange børn har de haft, så sammentrampet haven er."

"Man kan også se det på de små stier, de har slidt i diget, når de har rendt her," siger Sofie.

"Ja, men alt det, Sofi', det kan rettes. Det kan alt sammen rettes." Per løfter uvilkårligt skuldrene lidt.

"A tror, vi kan få det skønt her. A er glad, vi kom fra den herregårdstummel - bare a må blive rask, Per."

De går alle sammen en lille tur bag om huset.

Da bryder den lille dreng, der hedder Per ligesom faderen, ud i fryderåb, thi der står to brogede geder og bræger oppe på skrænten.

Med lysende håb udbryder Sofie: "Tror du ikke, vi kan få et par geder, Per?"

"Det kan vi sagtens, her må jo være en god fortjeneste."

"Åh, så fik vi selv mælk i huset, det havde a aldrig tænkt."

Lille Per ler af gedernes spring. Men Jens går så alvorsfuld og lidt vigtig bag efter faderen, som om han følte, at det var de to, der skulle bringe orden i sagerne.

Inde i huset er der både dagligstue og sovekammer, men skummelt er her, og luften er klam og muggen. Væggene er grimme, og der er lergulv med slidte huller.

De har stablet bordet og stolene på benene; der er ikke flere møbler i dagligstuen.

Familien samler sig om måltidet, der består af brød, en blære fedt på en skåret tallerken og så kaffe.

Mens de spiser, sidder de så tavse, som om enhver var hensunket i sine egne tanker. Kun med lange mellemrum falder følgende ord.

Per: "Det første, vi skal ha' rettet på, det er nu det loft der, for det kan jo ligefrem regne ned."

Sofie længe efter: "Og gedemælk er så fed, at vi kan blande vand i, så det bedre forslår."

Da Jens omtrent er færdig med at spise: "Er det nu vort hus, far?"

"Ja, min dreng. Så længe vi lever og betaler, hvad vi skal."

3

Kongen i Højby hed Niels Rask; han var den største bonde i sognet. Hos ham arbejdede Per om høsten.

Den første morgen, da Per mødte, studsede han, straks han var kommet gennem porten, over, hvor fuldkommen renholdt den brolagte gård var. Sligt var han ikke vant til at se. Og ruderne i stuehusets mange vinduer var så klare som rindende vand.

I forstuen satte han sine træsko ved siden af de andres og trådte ind på et blankt ferniseret gulv.

De var i færd med at gå til bords; der var både tjenestefolkene og husbondfolkene imellem hinanden. Der var dækket med solide, landlige retter.

Da Per så, hvor ren og hvid dugen var, slog det ham, at han var den eneste, der ikke var vasket, og han søgte at skjule sine hænder.

Højbykongen sad for bordenden. Han havde af de brede, flade kroppe, så han fyldte godt ud på bænken. Ansigtet var fuldstændigt glatraget, blegt, benet, hårdt.

Hans mund var som en streg og hans blik var fast.

Per kiggede vurderende op til ham, så bred som han sad der for enden af bordet. Og på væggen over højbykongens hoved hang et broderet skilderi med følgende indskrift: Herren er min hyrde. Ps. 23.

Højbykongen sukkede dybt og foldede hænderne. Alle bøjede deres hoveder, mens han viede måltidet.

Man spiste i den dybeste stilhed. Engang tabte stordrengen sin gaffel, så det klirrede; han rødmede straks og skottede op til enden af bordet.

Kun den gamle konge, gammelfar, mumlede og mumlede; han sad på en stol henne ved ovnen; han var gået i barndom.

"Bestiller I noget?" sagde han og spyttede ud luften, men der var ingen væske imellem gummerne.

"Bestiller I noget? I gør fanden, gør I, å Jesu Christ, forlad mig. P-ti, nej, I er dovne, dovne, og det er mig, der skal betale - p-ti!"

Langt om længe så højbykongen over på Per Holt. "Ja, du, der kommer fra herregården, du kender vel ikke Jesus?"

Per vidste ikke rigtig, hvad han skulle svare. Men hans svar blev heller ikke ventet. Manden så i vejret og bad: "Kære Herre, gid ham den fremmede her i dette hus må finde din nåde og annamme dit ord, amen!"

"A-men!" gentog konen. Hun sad med hænderne foldede over maven og rokkede med overkroppen.

Per blev lidt underlig til mode. Dette her var ham så uvant. Her var en hel anden atmosfære end den, han plejede at leve i.

Der var alligevel en særegen magt i luften, syntes han.

Så hørte man atter den gamle mumle. Han gned fingrene mod hinanden, sådan som man gør, når man tæller pengesedler og er bange for, der skal være to.

"Det er mig, der skal betale, det er fanden knækme mig, der skal betale..."

Højbykongen vendte sit hoved og sagde, med lyden hen imod den gamle, meget strengt: "Så, så, så!"

Da blev der helt stille, indtil måltidet var endt. -

Manden fulgte selv med i marken. Han havde en hølé, som han havde brugt siden det år, han blev omvendt. Den holdt han meget af, for siden var alt lykkedes for ham; det var, som om Gud siden den tid på særlig vis havde velsignet hans gods og hans agre.

Derfor åbnede han selv hvert år høsten med den hølé og gik selv i spidsen det første skår.

De gik hen ad markvejen den årle morgen, mændene med høléen på skuldrene, så solen blinkede i de krumme stålblade over deres hoveder. Og opbinder-kvinderne kom bagefter i sirtses sommerhatte og hvide, løse ærmer; de havde riverne med.

Der blev mørke spor i græsset, hvor de gik frem i morgenduggen. Luften var fuld af lærkesang.

Sidst drejede de ad stien, der førte ind i et fald byg, og de blev halvvåde om lænderne ved at gå igennem det våde korn.

Så standsede de ved rugvangen, der faldt skråt mod syd og fortsattes i engene ned mod Højby Å.

Og fire høléstryger klang mod stålet, så det sang viden om. Det blev straks besvaret fra andre høléer der i nærheden, og lærkerne blandede sig med det og syntes at synge endnu gladere end før.

Der stod altså den modne rug med de fuldbårne kerner. I morgenvinden bevægede den sig tungt, med besvær, som en frugtsommelig kvinde.

Det var jordens avling og afkom, der nu skulle bjærges. "Herre!" råbte højbykongen, "vi takker dig for dine nåderige gaver. Lad os bjærge dem med flid og bruge dem med nøjsomhed - til din ære, Herre."

Så slog han med høléstrygen et kors i luften. Høsten var begyndt.

Per Holt var betaget i sit sind. Aldrig havde han gået således til sit arbejde. Hans hølé gik af sig selv. Og det var, ligesom den var af sølv og gik igennem guld. Sådan en rigdom væltede for hans fod. Ved hvert hug sank det daglige brød for hølébladet som en velsignelse til jordens slægt.

Og han var med i det vigtigste arbejde for mennesker.

Det var lange agre og brede skår. Højbykongen gik selv i spidsen den første omgang for at indvie høsten med sin hølé.

Men så rask som det gik, og så helt uden ophold, kun afbrudt af den nødvendige strygen, fik Per en mistanke om, at højbykongen vist egentlig gik den første omgang for at sætte farten op for folkene.

Per var ked af det, for det var en grim tanke, han der havde fået. Han gav den heller ikke rum. Han tænkte i øjeblikket kun på glæden ved at gå her midt i al jorderigs herlighed en frisk høstmorgen.

Men, da manden havde ført det første skår igennem, var Pers skjorte så våd, at han kunne have vredet den.

Alligevel åndede han så let høstens herlige duft, og han gik glad de lange skår.

Manden gik ned på engen og så til ungkvæget.

Da han kom tilbage, stod han lidt med hænderne på ryggen og så på Per, der nu var i spidsen.

"A kan se, du kan bestille noget," sagde han. "Det er noget, Vorherre tykkes om." Så gav højbykongen sig til at sætte neg sammen, men holdt dog et skarpt øje med høstfolkene.

En sommerdag er lang, og det var sent, inden de på Højbygaard blev færdige med dagsgerningen.

Alt gik efter højbykongens vilje. Han var en fører.

Om aftenen vaskede de sig alle før nadvermåltidet, og da de kom til bords, sang manden for:

> Når kvæget har fået vand og hø,
> og der er røgtet ind,
> og vi har strøet til fuglen lidt
> og klappet "Karo"s skind, -
> vi toer vort ansigt, reder hår,
> før vi til nadver går.
>
> Thi brødet gav den gode Gud,
> hans gæster ere vi;
> vi såed', men han lagde sin
> velsignelse deri.
> Og regnens stråler, solen glad
> gav korn og græsset bad.

Og rugen gro'de stor og strag
ad bankens sider op,
og byggen svulmed bred, og lys
blev havrens fine top,
men græsset i den grønne eng
blev til en blomsterseng.

Nu sidder vi ved nadverbord
og mindes årets gang
med al dets nåderige sol
og al dets fuglesang...
Af lov og tak, af glædens guld
vort hjerte rinder fuld.

Så lang en arbejdsdag havde Per aldrig haft. Men han syntes alligevel, at det havde været en mærkelig dag. Dersom højbykongen blot ville forstå småfolkets sag på jorden! Han var nemlig virkelig religiøs. Guds ånd var over ham, syntes Per. Det var en sær magt, der var ved den mand. Og hvis han kom på Pers side, på småfolks side, så kunne Per og han her i sognet vække og samle alle mosemændene og andre småfolk fra udmarkerne... - mod lysets dag, - mod lysets dag.

Eller ville højbykongen ikke forstå småfolks sag? Det var, ligesom Per dog havde sin tvivl.

Han skyndte sig hjemefter til sit lille hus i mosekanten for at fortælle Sofie, hvor helt anderledes der var her end på Gyldholm.

4

Det er søndag. Per Holt står oppe på hustaget og kalker skorstenspiben. Jens er hjemme fra sin tjeneste for at hjælpe til; han stryger kalk på husvæggen. Kosten er af siv, der er skåret på må og få i mosen. Af siv er også de lyse pletter, som taget hist og her er blevet bødet med. Rafterne, der er blevet syet langs med gavlenes suge fjæl for at holde på taget, er også bjærget frit i mosen af småbuskene og aspen, som vokser der.

Siden Per er flyttet ind i det lille mosehus, har han haft travlt hvert øjeblik i sin fritid. Jens, der trolig har hjulpet til, når han har haft fri, er mindst lige så ivrig som faderen. De har opført et dige af friske grøntørv om havejorden og lavet en lille, pæn låge derigennem.

Nu går det løs med kalkkosten.

Al ting er overstrittet med kalk, både vinduerne og døren og den tætte grønning langs muren.

Både far og søn er næsten hvide.

Men de smiler til hinanden; de er glade.

Det er morsomt med det, at Per Holt står der højt oppe i luften, på mønningen, og taler med dem dernede på jorden. Både Sofie og Lille-Per og Maren står og kigger i vejret, og de små vil hele tiden gå bagover.

De råber op, og Per svarer dem.

Den milde, duftrige høstluft stryger sommerligt forbi. Sollyset står sitrende over egnen, og lærkerne, lærkerne - de synger uafbrudt.

Og det er søndag.

Sofie går på faldende fode, men hun ser så mild og stilleglad ud.

Da hun er gået ind for at lave middagsmaden til, råber Per fra taget ned til Jens, at han skal gå ind og hjælpe sin mor.

Og Per fløjter, idet han med kalkkosten omhyggelig fører de sidste strøg om randen af skorstenspiben.

Hen på eftermiddagen er de kommet så vidt, at de kan sætte en kønrøgs-bort langs foden af huset. Derefter går Per i gang med at kalke en teglstensrød søjle op ved hver side af døren. Og han har spændt en snor at kalke efter, for at det kan blive så nøjagtig som muligt.

Så går Per en runde omkring huset; han har Maren på armen og Lille-Per ved hånden, for de hænger altid om Per, når han er ledig. Han kigger nøje efter, om alt nu er i orden, tygger på skråen og spytter - tankefuldt.

Til sidst nikker han.

Der ligger altså huset i søndagspuds. I sammenligning med de andre forsømte og sjuskede mosehuse ligner det en pige, der har pyntet sig til at gå ud.

Per bliver næsten undselig.

Henne ved naboens, ved Tue-Pers gavl, står de andre mosemænd og taler sammen.

De taler stundom højt og ler. De er vist svirende i dag, det er søndag.

Per synes, de slår med hånden over ad ham til, og så siger Jerik noget, som de ler, rigtig skranier ad.

Per kan høre, at de er ikke gode i lyden.

Måske det er for det, de mener, at han vil vigte sig med at pynte sit hus, ligesom være bedre end de andre...

Han vil over til dem. Det er jo hans folk, hans kammerater, hans lidelsesfæller.

Som han har talt til dem om deres fattigmandsstilling! Om forandringen, der er i luften! Om den ny tid, som kommer!

De bare griner ad ham.

De tror ikke.

Nu går de ind igen hos Tue-Pers.

Per Holt går derover. Han lægger mærke til, at over køkkenet på Tue-Pers hus mangler tag, så der ses noget af tre nøgne lægter, at der er stoppet klude i to ruder, og at yderdøren dingler på ét hængsel. Udenfor sidder to halvnøgne børn og graver i jorden med en stump rustent båndjern.

Per var nær snublet ind i stuen, for han havde glemt det dybtslidte hul i lergulvet inden for dørtræet.

Her er så at sige ingen møbler uden akkurat bænken og bordet og så den stol, konen sidder på med en lille ved brystet. Nogle børn kravler på gulvet, andre står hængende og er optaget af de fire mænd, der sidder ved bordet. Det er Mose-Kristian, Tørve-Tammes, Jerik og Tue-Per. Der er kort og brændevin på skiven.

Per siger goddag, men mændene ser ikke op fra kortene; de grynter bare lidt og spiller videre.

Endelig siger konen: "Sæt dig, Per Holt!"

Han kan lige skubbe sig ned ved siden af TørveTammes. Tammes har snavs i hudporerne; han har mørkt hår og mørkt, tørvefarvet fuldskæg - ser i det hele ud, som han nylig var trukket lige op af tørvegraven. Med sine meget store, lyseblå øjne, der har noget stillestående ved sig, ser han sig godmodig spørgende rundt.

Han griner så bredt, at alle hans tænder bliver synlige; han har nemlig glimrende kort på hånden.

Mose-Kristian er sur; han har tabt. Måske ser han mere tvær og sur ud, fordi hans hoved er vokset skævt på skuldrene. Halsen er ubevægelig. Derved kommer der noget fortrukkent i hans udtryk.

Jerik er betænkelig; han spekulerer over spillet, imens han trækker i sit kæmpemæssige overskæg, der er et minde fra hans dragontid, da han var underkorporal.

Tue-Per, manden i huset, er bleg med tyndslidt, rødligt skæg; det vil ikke rigtig gro. Han ser forsømt og forslidt ud; han er måske også den mest svirende.

Jerik har spillet; det gælder sidste stik. Og der holder Mose-Kristian det rigtige kort, så han får sidste stik for otteren.

Tørve-Tammes griner frygteligt, og det hikker af glæde i Mose-Kristians stive hals, idet han vrider hovedet.

Men Jerik råber: "Han har set mine kort!" Han rejser sig og slår i bordet: "Han har den onde risteme set mine kort…!"

Tørve-Tammes: "Jerik!..."

Jerik: "Hvis han ett havde set min kort, kunne han aldrig …"

Tørve-Tammes: "Jamen, Jerik..."

Jerik: "Men det ligner ham..."

Tørve-Tammes til Per Holt: "Er det nu ikke satans, en kan ett få ordet?"

Jerik: "Ja, det ligner ham rigtig, den skurk..."

Endelig får Tørve-Tammes luft: "Jamen Herregud, Jerik, han kan ett gøre ved det, for hans hoved er jo skævt! - ha, ha, ha!"

Mose-Kristian vender grinende hovedet rundt, men Jerik griber ham i skulderen og ryster ham: "Din nederdrægtige skurk!"

Tue-Pers kone, der sidder med håret og klæderne sluskende om sig, hugger så meget skarpt ind: "Nå, kan du nu humme dig, Jerik, det er altid dig, der skal lave spektakler!"

Men Jerik henvender sig til Tue-Per og spørger, om han eller konen er mand her i huset.

Tue-Per rejser sig halvt i sædet og slår begge næverne i bordet: "Her er vel manden!"

Konen halvsmiler: "Ja, du er sgu en net mand, det er du!"

Så er der et af børnene, der skal have knappet bukserne, og et andet skal have knappet dem op, så konen kommer ud af det.

Og henne ved bordet bliver de ved at støje og bande og strides - at sætte kulør på den mest festlige dag i ugen.

Det bliver alligevel konen, der stopper det. "A tykkes, I skuld' hold' jer mund og ta' jer en bette puns til - og I har ett engang budt Per Holt en tår!"

"Det er der mening i," siger den godmodige Tørve-Tammes, "det er der dævlen stjerneme mening i!" Han slubrer den sidste kaffesjat i sig.

Da Tue-Per ser konen rejse sig efter kanden, råber han brøsig: "Mer kaffe her!"

Konen halvsmiler.

"Du har alligevel kommandoen, Per," siger Jerik.

Tue-Per slår hænderne i bordet og siger: "Her er vel manden!"

Og Jerik synger et par vers af den gamle dragonvise:

> Jeg en vise sjunge vil,
> det er ej om leg og spil,
> det er om, hvad vi skal lære
> i den tid, vi kongen tjener.
> Didelum - å - didelum, å didelum å dej
> didelum - å didelum, å - dej å –
>
> Om morgenen stå tidlig op,
> strigle hesten og gi' fow'r,
> siden skal vi ud og ride,
> hugge med sablen, så hun piber.
> Didelum –
>
> Nu vil jeg ej sjunge mer,
> udi Salling er jeg født,
> Wolle Nielsen hedder a
> og står ved 5te Dragonregiment.
> Didelum –

Da han er færdig, spørger Mose-Kristian nok så uskyldig: "Hvor langt er egentlig dit overskæg, Jerik?"

Tørve-Tammes slår sit brede gab op.

Jerik hvæser ned til Kristian: "Du er en rigtig ondskabsfuld satan, din skævhovede stakkel!"

Men Per Holt siger afværgende: "Så - skål, kammerater!"

Der er ikke meget humør i den skål. Tue-Per spørger Per Holt, om han har lært maler-professionen. "For a tykkes, du maler krucifikser deromme på huset."

Det ler de rigtig af.

"Å, det kan jo være os det samme, dit fjog," siger konen bebrejdende.

Per Holt sidder lidt. Så siger han, at han tror ikke, at husene kunne tage nogen skade af at blive gjort lidt i stand. "Men, hvad vi har talt om før - vor stilling bliver ikke bedre, før vi slutter os sammen."

Tørve-Tammes: "Nu begynder han sateme igen, ha, ha!"

Jerik: "Vor stilling bliver den onde risteme aldrig anderledes."

Mose-Kristian slår med det skæve hoved: "Nej, aldrig sgu!"

"Nej, hvis vi ikke selv vil gøre noget," siger Per Holt.

Jerik: "Å, hvad fa'en, skål folkens...!"

> Om morgenen stå tidlig op
> strigle hesten og gi' fow'r,
> siden skal vi ud og ride,
> hugge med sablen, så hun piber.

Jerik har indstuderet de andre til at synge omkvædet, men Tue-Per kommer drattende bagefter med "dej -- å!"

Per Holt igen: "Ja, vi kan nok spøge og spase en enkelt dag, men til hverdags er det såmænd den rene elendighed med os, især da om vinteren."

Tue-Pers kone siger så, meget bestemt og meget højt: "Det er såmænd sandt, hvert ord, Per Holt han si'er."

Jerik springer op: "A ved det nok, men når det nu ikke kan blive anderledes, så kan a ikke lide at høre det - a kan den onde risteme ikke lide at høre det."

"Å, gå da væk, I unger, også!" Konen vil nok sige noget, men hun kan ikke, for børnene plager hende, én med et, og en anden med et andet.

"Her er vel manden!" kommer det fra Tue-Per.

Tørve-Tammes griner.

Per Holt siger: "Kan I da ikke se, at der kommer en ny tid..."

"Ikke et ord mere om det," råber Jerik, "vi kan da for fanden vel blive fri for det socialistiske sludder, når vi ikke vil høre det."

Mose-Kristian: "Ja, det skulle en da tykkes."

Jerik: "Og kan du ikke forstå det endnu, så kommer a vel til at lære dig det på en anden måde."

Jerik viser ham sin knytnæve.

Da rejser Per Holt sig. Han rynker sine sorte bryn, og hans næsefløje vibrerer: "Vi kan godt ta' det på den facon, om det skal være. A er, Gud ske lov, rask og vel tilpas." Per strækker sine arme. Hans røst dirrer.

Pers raske optræden virker stærkt. Den giver respekt. De skæver til ham alle sammen.

Tue-Pers kone ser frit op på Per Holt. Og det er underligt, hvor hendes øjne bliver klare, som lettede livets tryk et øjeblik, og hun så noget smukt.

Hun får så det hele venskabeligt afsluttet ved den sidste kaffe og den sidste slant i flasken.

5

Der kom grøde i Per Holts drømme, mens han høstede på Højbygaards agre.

Hans tanker blev høje og gyldne.

Det var, ligesom han bedre kunne tro, mens han gik her, og det smukke modne korn sank ned over hans syngende le.

Der kom en høstens dag for alt det, der var liv og grøde og mening i.

Per Holt vendte sit øje den vej, hvor mosehusene lå... Han så, de var ikke mere faldefærdige hytter; de var kalkede, malede, pyntelige, med klare ruder i vinduerne.

Uden for hvert hus fandtes en have med blomster så friske og skønne; konerne kom ud og skar nogle af dem til at pynte med. Den udyrkede jord deromkring bar nu svulmende korn, så tung og skinnende fed...

Han så vidt ud - der var ikke en plet, uden den bar frugt...

Han lukkede øjnene halvt og så videre i tanken hele Danmark, hvis haver og agre skinnede i høstens gyldne brus.

Og alle mennesker gik så fri og glade og førte i leg og med glæde den klingende lé gennem det blanke strå. De var alle sammen som en højbykonge, hver på sit fra den ene ende af landet til den anden...

Og så glade alle de bette børn legede i solskinnet!...

Det syn så Per, men bagefter sukkede han. Han kendte jo virkeligheden hjemme i mosehusene.

De ville ikke engang høre, hvad Per kunne sige; de blev ligefrem fjendtlige imod ham. Det kom vel af, at han ikke havde evne til at sige det rigtig, - sådan, at ingen kunne modstå.

Han følte, at det levede i hans bryst, i hans hjerte, men han kunne ikke få det frem til magt og til sejr.

Det var så fattigt.

Lærken, der jublede sine triller hen over vangene; den fugl, den lille lærke, var i grunden rig. Den kunne synge, så man måtte lytte - han syntes nu heller aldrig, at den havde sunget så herligt som i år. Og den blev ved og blev ved, så man var nødt til at blive revet med.

Da Per kom til ende med skåret, strøg han sin hølé, så det sang helt ud over engene ved Højby Å.

Og han blev ved at stryge, strøg og strøg, som om han blev henne i klangen, der tonede igennem høstluften...

Nå, men - ja, hvad var det nu, han skulle tænke på.

Jo, han ville tale med Niels Rask, med bonden på Højbygaard, han ville få hans støtte til at vække mosemændene og de andre småfolk i sognet.

Per Holt kunne ikke slippe tanken om, at der måtte gøres noget. Han kunne ikke leve roligt ellers, syntes han. For han havde jo set noget.

Det havde de andre fattige mænd ikke. For de troede ikke.

Ja, dengang de var unge, måske, men ikke nu mere.

De var gået til ro i fattigmands tanker og fattigmands hytteliv - å, det var så nemt at forstå...

Men Per ville søge støtte hos denne kristne bonde, der levede i troen og hele tiden talte om det gode.

Og han kunne. Når man gik i nærheden af ham hver dag, mærkede man bedst, hvilken styrke der udgik fra denne mand. -

Høstfolkene gik hjem til middag. Karlene holdt knagen i hånden, og draget lå på skuldrene, så de krumme høléblade, der skinnede som sølv, glimtede i solen over deres hoveder.

Pigernes kinder var røde og runde som modne æbler, og deres lyseblå øjne var klare af arbejdet og høstens friske vind.

Manden talte til Per: "A kan se på dit blik, Per Holt," sagde han, "og mærke på dit væsen, at Herren har rørt dit indre. Hold nu fast ved det, giv aldrig, aldrig slip!"

Per blev helt underlig; han svarede: "Der er for resten noget, a gerne ville tale med dig om, Niels Rask."

Manden standsede: "Tal frit frem, Per, det bliver nok en nådens stund for dig."

"Ja, du er jo en retsindig mand, Niels Rask."

Højbymanden lyttede.

"Du kender vel nok, hvordan vi småfolk har det?"

"Ja."

"Kender du nu virkelig vor elendighed, Niels Rask?"

Højbykongen nikkede kun; han gentog aldrig sine ord.

Da kom det så inderlig troskyldigt fra Per: "A er bleven vækket for småmandens sag - vil du nu ett, Niels Rask, hjælpe mig med de andre; du er så stærk og sikker en mand."

"Hvad mener du?"

"At de kunne forstå deres stilling og blive organiseret."

Højbymanden førte hovedet tilbage, som om han havde fået en næsestyver.

"Organiserede!"

"Ja, i en husmandsforening eller en arbejderforening, så'n."

"Vil du ha' mig til at hjælpe dig med det?" Højbymanden lagde tryk på hvert ord.

"Ja, for a tykkes, det er noget af det bedste, en kan være med til."

"Det bedste - organiseret - er du socialist måske?"

"Ja," svarede Per glad.

"Så Gud nåde din sjæl! - Nej, a vil ikke være med, Per Holt, for jeres fattigdom, det er ikke på jordisk gods med de daglønne, der er nu om dage. Nej - Jeres elendighed er den, at I ikke kender Gud - kom, lad os gå ind!"

Der blev ikke hele dagen vekslet et ord mere om den ting.

Om aftenen ved bordet bad højbygaardmanden følgende bøn: "Kære Herre, lad ikke selvrådighedens ånd få magt iblandt os! Der synes i tiden at røre sig onde kræfter, dæmp dem med din stærke hånd, Herre; giv os tilfredshed hver med sine kår, enten vi har lidt eller meget! Vi har alle nok at takke dig for, og du, Herre, er den, der gør fattig og gør rig - alt af nåde, amen!"

"A-men!" sagde konen.

De andre nikkede.

Men Per Holt rejste sig brat og gik tavs bort.

Det kunne ses på hans gang, at han tænkte på noget mørkt. Hans krop var sluttet, bøjet sammen om tankerne - Han skråede ad stien ind over markerne; den mundede ud oven for mosehusene og faldt som en lille vandstrøm ned ad de stejle bakkeskrænter lige bag ved Pers.

Så snart hans skikkelse viste sig deroppe mod den lyse aftenhimmel, lød der et jublende skrig op imod ham: "Far!"

Det var lille Per Holt, der kom løbende imod ham.

Maren var faldet i søvn på dørtræet; det kneb for børnene at holde øjnene åbne, til deres far kom hjem om aftenen. Nu kom også hun rendende.

Da Per Holt hørte dette glade råb, rettede han sig som en fjeder og dansede ned ad bakken, som var han tyve år.

6

Når Per Holt tænkte efter, syntes han, at det umuligt kunne være mandens mening, den, han havde udtalt om de fattige. Derfor var han opsat på atter at tale med ham om den sag.

Det var endnu ikke blevet til noget, fordi der var kommet tvillinger til Pers. Og uagtet Per godt forstod sine vanskelige forhold, følte han alligevel en forunderlig lykke ved de nyfødte liv, der var kommet.

Og en ære ved at blive kåret til at forny selve livet.

Per syntes, det var så ejendommeligt, så sødt med de tvillinger. Hvor han gik og stod, var de i hans tanker. De småvæsener.

Det var en dreng og en pige; de skulle hedde Kristian og Marie. Sådan hed nemlig hans farbror og kone, og det var et par skønne, godmodige folk, kunne Per mindes fra det par gange, han havde besøgt dem i deres lille hytte.

Per tænkte på de tvillinger, mens han forkede rug, navnlig i de små pauser mellem læssene. Om også tanken om dem blev trængt tilbage, så varede det ikke længe, inden den kom igen - ligesom en stadig klingende grundakkord, der nok stundom kan synes hendøet i musikken, men før man tænker på det, bryder den igennem og løfter sig højt, tonende med fuld klang.

Og det var ikke så nemt at få talt til højbykongen.

Han var nok nærværende ved arbejdet hele tiden, men han forstod sådan at samle folkene om det, de havde med at gøre, så der ikke blev tid til andet.

Men en dag de fulgtes ad hjem, tog Per det overtværs: "Er det virkelig din mening, Niels Rask, at vi fattige lider ingen nød eller ikke har grund til klage?"

"Ja," svarede manden fast og uden betænkning.

"A troede alligevel ikke, det var din virkelige mening!" sagde Per stille og dybt skuffet.

"Min mening er altid virkelig."

"Ja, men så har du jo ikke begreb om det, du taler om!" tog Per på.

Højbykongen standsede brat. Han stod og så på Per, op og ned ad ham, med sit stærke blik. Og hans glatragede, brede, benede ansigt blegnede.

Så gik han tavs videre.

Per fulgte.

Lidt efter sagde Per i lav tone: "A vil ikke ønske, at du må opleve det, vi fattige må lide - men du forstår det altså ikke?"

"Når manden og konen og børnene vil hjælpes ad, så kan en arbejder med den løn, der er nu om dage, jo ligefrem skrabe penge sammen. Selv den mindste unge kan jo tjene store penge nu om tider."

"Tykkes du ikke, moderen burde være ved hjemmet og ved børnene, det ville a dog lige godt tro om en mand som dig, Niels Rask, - og det skal min kone da i alt fald."

"Hum! Fattig og storsindet - ja, det skal nok forenes!"
"Sofi' skal blive hjemme ved børnene, i hvordan det går," sagde Per dybt. "Hvorfor - kan det være det samme at forklare dig."

Højbykongen hævede sin røst: "Nu skal a sige dig en ting, Per. Der er ingen karakter i jer! Og ingen omtanke! I er no'en sølle mennesker; det, konerne ikke øder og sviner hen, det drikker mændene op. Derfor vil ingen betro jer noget, og derfor vil ingen ha' med jer at gøre!"

Per Holt svarede rask: "Hvis vi ingen karakter har, så har fattigdommen taget den. Vi har ikke råd til at betale vore regninger på en prik. Vi har ikke råd til at være ordentlige og ha' tingene som blæst. Vi kan ikke stå med pengene i hånden til enhver tid, og derfor kan vi ikke være så hæder- lige som dem, der sidder med magt og ære i de store går- de."

Højbykongen tog nu lange skridt.

De var lige ved porten.

Per Holt føjede hastigt til: "Men a begynder at forstå, at der er en lang vej fra Højbygaard og til et lille mosehus, og vi bor endda så tæt ved hinanden, Niels Rask."

Højbykongen var allerede på vej mod indgangsdøren.

På trappestenen vendte han sig halvt om og strejfede Per med et skarpt øjekast.

Per gik over gården til hverrestenen ved huggehuset for at slibe sin hølé.

Hans opbinderpige, der skulle dreje stenen for ham, stod der allerede og rettede på sin solhat.

Per Holt og manden talte ikke sammen hele eftermiddagen.

Til aften fulgtes de hjem side om side.

Men ingen af dem mælede et ord.

Under nadveren sagde manden i en lidt spydig tone: "Det kan være, du savner brændevin, Per, det er du vel vant til, men a vil ikke ha' den slags ting i min gård."

"A klager ikke på kosten," svarede Per, "og du er vel desuden afholdsmand, så..."

"Nej, a er ikke afholdsmand. For når a er ude, og nogen byder mig et glas, så vil a ha'et så'en te a kan ta'et.

Per Holt lo højt.

Alle standsede med at tygge.

Det var aldrig hændt nogen sinde, at en havde leet af det, manden i Højbygaard sagde.

Den ene så til den anden.

Men Per lo videre og bemærkede, at det naturligvis også var det billigste.

Og det sad alle høstfolkene og hørte på.

Der var noget fjendtligt i luften.

Henne fra den gamles stol i ovnkrogen mumlede det: "Bestiller I noget? Nej, sågu gør I ikke. Nej, for I er no'en dovne hunde, og det er fa'en knækme mig, der skal betale!"

"Så, så, så!" tyssede manden for bordenden hen imod ham.

Takkebønnen sluttede manden af med følgende ord: "Kære Herre! Der sidder en fremmed mand her ved vort bord, bøj hans hjerte, Herre, og lær ham at forstå, at du, Herre, mætter alt det, som lever med velsignelse, amen!"

"A-men!"

Men Per rystede på hovedet og trak på munden.

Da blev højbykongen streng i sit åsyn, og han sagde højere, end han plejede at tale, og med en gennemtrængende røst lige imod Per: "Jo, han gi'r også de onde mennesker det daglige brød, selv om de ikke beder!"

Hvor folkene sad ængstelige!

Og hvor der var stille!

Men Per trodsede imod og spurgte meget spydigt: "Så tror du altså, der er ingen, der sulter?"

"Å - Herre-gud!" klagede højbykonen. "Sikken en mennisk!"

Pigerne rystede på hovedet og sukkede dybt.

Karlene så ned i bordet.

Højbykongen rejste sig for bordenden.

Alle så op til ham.

"Her er kommen en hadsk, en oprørsk og ond ånd til stede. Vogt jer!"

Højbykongen gik hen over gulvet, dirrende.

Folkene listede ud.

"Å, vor awtensang," klagede konen, "å, vor awtensang fik vi ikke!"

"A skulle helst ha' nogle penge med mig hjem i aften," sagde Per.

Manden standsede.

"Hvor mange?"

Per nævnte en sum.

"Ja, hvor meget har du egentlig tænkt i dagløn?"

"Tre kroner om høsten!"

"Tre!" udbrød manden. "Tre kroner!" gentog han og stirrede på Per.

Konen lagde sine hænder sammen i forbavselse.

Per blev stående ganske rolig.

Manden vendte sig hastig ind i sovekammeret.

Og konen sagde til Per: "Nu må du ikke forhærde dit sind, bette mand, husk på, at du har en udødelig sjæl! Og mange bette børn!"

"Det er netop også dem, a tænker på!" svarede Per koldt.

Konen tog en lille ende rullepølse og en skalk ost. Så sagde hun nådig: "Ta' det med hjem til din familie!"

"Nej!" svarede Per hånligt, "behold du dem selv."

Konen stod aldeles stivnet lidt. Da blev hun heftig rød. "Pas du nu på, bette mand, og kom ikke tværs for Niels Rask på Højbygaard! Det vil du bittert komme til at fortryde. Det har alle de gjort, der er bleven uvenner med Niels Rask, Højbygaard!"

Dermed gik hun.

Manden kom ind med pengene til Per. Han lagde dem tavs på bordet. Han vred sig brat om, som om han ikke kunne lide at skilles ved dem.

"Vi skal køre rug i morgen igen!"

"Godnat!"

Per Holt trådte, da han gik, i højbykongens gård, så stenene slog gnister et par gange, inden han var ude af porten.

7

Det er i juledagene. Per Holt og hans familie sidder så stille i stuen.

Der er intet arbejde at få.

Fra Højbygaard har de lovet at sende ham bud, når der er noget.

Sofie gusser sig; hun er så kuldskær.

Foran ovnen ligger en dynge kvas, der ser ud til lige at være hentet oppe i Højbygaards krat.

Der er ingen rigtig træk i ovnen.

Asken ligger væltet ud på pladen foran, og der sidder Maren og slår i den, så den støver tykt.

"Å, la' dog være med det!" siger Sofie træt.

Per holder den ene tvilling, mens Sofie gør den anden i stand. Han er tavs, rugende over sine tanker.

Lille-Per, der sidder og stikker i lergulvet med en brækket kniv, siger: "Skal vi ikke snart ha' noget at spise, mor?"

"Jo, jo, giv dig nu tid!" svarer hun utålmodig. Han har sikkert gjort det spørgsmål flere gange.

Per har nok rettet på bohavet, da de var flyttet ind her, men det er atter blevet leddeløst. Bordet dingler på benene, og bænken og stolene vrikker i sammenføjningerne. Og det eneste skilderi på væggen er billedet af en socialistfører, som Per har klippet ud af en avis.

Per ser hen for sig med et mørkt blik; han næsten stirrer.

Sofie skotter til ham nu og da. Så siger hun: "Du må ikke tænke så meget, Per!"

"Det kan a ikke la' være med."

Og noget efter: "Tanker er ligesom fugle; de flyver, når de vil."

Der går en lille tid.

Sofie sukker dybt: "Hvorfor skal vi nu også ha' det så ondt? Og nu i juletiden!"

Da rykker Per sig ud af sine tanker. "Det er skam heller ikke meningen. - Du, Sofi', skulle bo i et nydeligt hus med fine møbler. Og der i dine stuer skulle du gå og pynte op og gøre det hyggeligt for os andre... Det er meningen. Sådan noget kan du så udmærket, det er egentlig din natur..."

Sofie ser på ham med store, spørgende øjne.

"Og du skulle gå i smukke klæder hver dag, ren og fin. Vi andre ville blive glade bare ved at se på dig. Ja, du er jo af de kvinder, der gør det lyst, hvor de går. - Det er egentlig din natur!"

"Å, Per!"... udbryder Sofie uvilkårligt.

Hun er i dette øjeblik ligefrem smuk.

"Og så er du så god, Sofi'!" tilføjer Per med megen ømhed og ser mildt til hende.

Men da giver hun sig til at græde.

"Nej, Per, nej!..."

"Jo," siger Per igen, "i grunden!"

"Å, a tænker så tit, Per, a er en dårlig kone... Og a tænker, om det er min skyld, når vi har det så'n... jo, a er en dårlig kone!"

Tårerne løber ned ad hendes kinder.

"Og om det er min skyld, at du, Per, ikke bliver til noget rigtig..."

"Du er jo så lidt rask, bette Sofi'." -

"Tror du, det nogen tid bliver anderledes med os?" spørger hun.

Per fast: "Ja! Jeg kan se så tydeligt for mig, hvordan det engang vil blive."

Pers øjne stråler derved.

"Ja, men a mener i vor tid... Og så tykkes a, det er så forfærdelig at tænke på, at hvis vi ikke havde været så fattige, så havde vi endnu haft vore børn, som vi mistede..." Hun tager sig til hovedet. "Fordi vi ikke havde råd til at være hjemme ved dem."

"Tænk ikke på det, Sofi', vi må se fremad, fremad, stadig fremad."

Hun søger øjensynligt at tvinge de sørgelige minder bort.

- Hun spørger: "Er det så bedre herude end på herregården?"

"Ja, det troede vi da."

"Du sa', at han, højbykongen, var så'n en kristelig mand?"

"Ja, til at læse og bede, men ikke sgu ellers. Over for småfolk er han en hård sjæl."

"En skulle da tro, at når de var rigtig gudfrygtige, så var de også gode mennesker."

"Nej, nej, det kommer ikke det ved."

"Mener de det da ikke?"

"Jo, det gør de vel nok, nogen af dem i alt fald. Men hvad folk sådan mener og tror, det har ikke noget videre med deres hjertelag at gøre, tykkes a, te a kan forstå." -

Lidt efter siger Sofie: "Og nu - det er dog jul, Per."

"Ja, det er det jo."

Der er så trykkende stille.

- Så skal tvillingerne have die.

Sofie blotter sine bryster, og de små væsener begynder at suge. De slipper, og de fanger igen. De ler, og de grynter. Deres små fingre famler, og de borer deres små næser ind i moderens bryst. Og så drikker de. Sofie smiler. Per også.

Maren og Lille-Per kommer hen. De står ved forældrenes knæ og ser til. De rører ved tvillingerne, som om de synes, at det er to morsomme små mennesker. Derefter ser de op på forældrene og ler.

Ingen af dem tænker på andet end de små tvillinger, der et øjeblik ser sig veltilfreds om med missende øjne og så igen skynder sig at drikke af livets kilde.

Sofie er midtpunktet.

Hun synes at vokse i bredde, som hun sidder med én hvilende i hver arm. Hendes smukke, mørke øjenbryn tegner sig så fint mod den lyse pande. Der er stor skønhed og en mærkelig glans og styrke over hende i dette øjeblik. Det er, fordi hendes hjerte er glad og stolt, fordi hun mærker, hvor livets varme strøm rinder igennem hendes bryst...

Det var, som om der strålede et lys fra en anden verden ind over den lille gruppe.

Så spurgte Lille-Per atter utålmodigt, om de snart skulle have noget at spise.

Straks var skyggerne nærværende, glansen borte.

- Sofie bar så stilfærdigt måltidet frem på bordet. Der var et stykke brød, salt, en kande vand, og så var der meldyppelse og en tallerken dampende kartofler.

Der er intet rigtigt humør ved at dække det bord.

Tilmed i juletiden.

Der er så fattigt-stille i stuen, mens der spises.

Det synker i de dejlige kartofler. Og det varer for resten ikke ret længe, inden der kun er vandet og brødet tilbage.

"Men du gode Gud!" udbryder Sofie. "Der kommer præsten. Er det ikke præsten?"

Per kigger ud. "Jo, det er rigtig nok."

Sofie farer op og lader fingrene flyve i håret.

Hun ved snart ikke, hvad hun skal gøre.

"Sæt du dig bare rolig ned!" siger Per. "Der behøves ingen dikkedarer for så'n en svend!"

"Goddag!" siger præsten, en yngre mand uden skæg. "En rigtig glædelig jul ønsker jeg Dem." Præsten giver Per og Sofie hånden og ligeledes børnene.

Sofie tager den sikreste stol, som hun giver et rask tør-af med sit forklæde.

Præsten sætter sig varsomt.

Han rømmer sig. Han tager brillerne af og tørrer glassene med et lommetørklæde.

"Hm! - Nå!" begynder han. "Hm - ja, jeg er en tur rundt og se til min menighed. - Hvorledes har man det så, Per Holt?" Præsten stirrer på ham over brilleglasset.

"Jo tak," svarede Per. "Vand og brød det har vi da nok af - foreløbig."

"Hm - sig mig engang - hvorfor taler De egentlig så bittert, Per?"

"Fordi det er virkeligheden - a er bleven træt af præken, løgn og humbug."

Præsten rømmer sig; han svarer roligt og overlegent: "Hvad er det for en tale, De ved jo meget godt, at her er ingen, der lider virkelig nød!"

"Hvad er der ikke!"

"Nej, ikke her i vort land!"

"Gud, hvor De kender lidt til de virkelige forhold, hr. pastor! Hvordan tør De indlade Dem på at tale om livet!"

Præsten hæver sin røst: "Det liv, jeg taler om, det er livet i Gud!"

"Er det da et liv, som ikke kommer virkeligheden ved?"

"Hm, - der er jo noget, som kaldes åndsvirkelighed, min gode mand, virkelighed for ånden - det ved jeg!"

"Ja, men a ved, at der er folk her i landet, der sulter, så det knager i deres liv."

Præsten ryster på hovedet. "N-å."

"Og der er måske ikke en eneste hytte her i vort eget sogn, uden at der er nød på færde."

"Er det så ikke folks egen skyld?"

"Ja, De kan jo selv regne ud - vi tjener ikke uden - ja, til vinterhalvåret, der bliver nu ingen ting at regne på... Men sådan folk som Niels Rask, Højbygaard, som vor egen sognepræst altså og andre store herrer her, der bor midt imellem os, de kender ikke engang vor stilling - enten de nu ikke vil, eller de ikke kan. - Vi er to slags folk, hr. pastor! To slags folk, der bor dør om dør i det samme sogn. Det er sandheden!"

Præsten rømmer sig; han vil beherske sig, han vil være rolig trods Pers æggende ord.

"Er De nu vis på det, Per! Ransag engang Deres hjerte! Tror De ikke, at det er misundelse og had, De taler ud af?"

Per rejser sig.

"Ja, ser De, hr. pastor, min kone kunne være lige så pæn en dame som Deres frue, og mine børn kunne vel ligeså godt som Deres gå i skole og blive oplyste og dannede mennesker, hvis vore kår var bedre. De kan kalde det, hvad De vil, men se, når a kommer til at tænke for meget på det, så kan a ikke sove om natten!"

Præsten sidder ganske stille.

Og han lytter til det, Per siger.

"Ja, men hvad vil De da, at en præst skal gøre, vil De da virkelig forlange, at jeg skal give alt mit ... nå ja, selv om jeg gav alt mit gods bort, hvor meget kunne det hjælpe?"

"Nej, men... pastor Pedersen" - Pers tone bliver på én gang blød og indtagende, næsten bønlig. - "Pastor Pedersen, hvis De virkelig vil gøre noget, så sæt Dem i spidsen for os småfolk, for vor ret i samfundet."

Han tilføjer med flammende blik: "Vi skal følge Dem!"

Der kommer et lille ophold.

Per iagttager spændt præsten, der sidder, som han tænkte meget, som om han i ånden så en lysning for sig, og han blinker med øjnene.

Derefter sukker han og siger, idet han næsten umærkelig trækker på skuldrene: "Jeg er jo ikke landarbejder!"

Per sukker: "Ja, a tænkte det nok! A tænkte det nok!" gentog han skuffet, halvt for sig selv.

"Ja, men - ," præsten slår ud med hånden, "De kan da nok forstå, at jeg som præst!... Hvad ville de andre i menigheden sige?..."

"Ja, højbykongen til eks. Ha, ha, ha!"

Per slår atter om; han hånlér af præsten.

Pastor Pedersen bukker sig og skriver med stokken på lergulvet.

"Nej, De er en stakkel, hr. pastor, og har egentlig slet ingen ærinde hos os."

Pludselig vendte præsten sig til Sofie: "Hvad si'er De, min gode kone. Vi mænd kommer tit så underligt på tværs af tingene."

Sofie vidste ikke noget at svare.

Præsten smilede til børnene, der stod og så på ham med store, uskyldige øjne; han tiltalte dem på udsøgt venlig måde. Så henvendte han sig igen til Sofie.

"Dejlige børn, De har!" "Har De haft flere?" spurgte han.

Men han kunne mærke på Sofie, at det var et meget ømt punkt, og han bøjede straks af i en venlig tone med nogle ord om, at det, der var gemt hos Gud, det var godt gemt.
"Ja, det er jo egentlig det hinsidige, jeg er kommen for at tale med Dem om, kan De nok tænke - især nu i juletiden!"

Præsten rejste sig.

Han stod en lille tid uden at tale. Så sagde han så inderlig ydmygt, så underligt, syntes de begge: "Jeg er en ringe mand, men den Herre, jeg tjener, han er rig og mægtig. Jeg vil af mit hjerte bede, at han vil skænke dette hus, skænke jer og jeres dejlige børn sin velsignelse, så at I i jeres hjerter rigtig kunne fatte hans uendelige godhed! - At I kunne komme til at prise hans navn!"

Dermed gav han dem begge et varmt håndtryk.

Hans røst havde en mærkelig skøn klang, og Sofie gav sig straks til at græde. Men Per holdt sig stiv.

Da præsten var gået, sagde hun: "Tror du ikke, Per, at han alligevel er en god mand?"

"Jo - ja... men man kan ikke stole på dem, de svende!"

8

Det er et par års tid senere, en søndag sent i maj. Den lyse maj, den grønne maj.

Rugen vil snart dræ, thi de grå-grønne vange op over Højby Banker har fået en brunlig tone.

I moseranden står de små, dunbløde bævreasp som fine unge piger, der venter nysgerrige ved vejen.

Tværs over og i zig-zag smutter de sorte, hvidbrystede svaler.

Vibens skrig gør forårstiden levende nær.

Og naturligvis hænger lærken oppe i den klare luft, der er gennemstrålet af sol. Jo stærkere solskinnet strømmer, des mere jublende risler lærkens toner, som om lyset og sangen vældede ud af den samme kilde.

Hvad der allermest drager øjnene til sig, er dog mælkebøtterne langs vejen, der fører forbi Pers og de andre fattigmandshuse. De gule blomster synes sugende at samle solens stærkeste lys og stråler det atter frodigt ud til alle på forårets unge dag.

Hen mellem disse flammede grøftekanter kommer Jens Holt, der nu er en hel karl, trækkende med en ged.

Den vil han hjem til sin fattige mor med.

Det er måske derfor, at foråret selv lyser langs vejen.

Sofie sidder inden for vinduet og ser Jens, hendes ældste søn, komme med geden.

Hun ser efter en gang til, at det ikke er bare et syn.

Men så ler hun, glad i sit hjerte.

Per ligesom vågner op ved denne forårslatter.

Sofie har ellers været så frygtelig tung i sindet denne vinter.

Han ser så, hvad der er på færde; han forstår straks, at Jens vil glæde sin mor med noget, hun altid har ønsket sig, siden hun flyttede ind i Mosehuset, og at hun er stolt derover.

Der er en fremmed karl med Jens, og da de mønstrer geden udenfor, styrter hele Holtfamilien ud, glade og utålmodige.

Det er en af de rigtige mælkerige kogeder, hvis patter næsten når jorden. Den er broget. Det stride skæg strutter fra hagen, idet den ser sig helt vigtig omkring.

Lille-Per og Maren begynder at le så ustyrteligt glade over det fremmede dyr. Og tvillingerne, der står med hinanden i hånden, gentager dette glædeshyl.

Jens siger, at den kan malke 4 potter om dagen.

Sofie ler hele tiden, med klingre småkluk, ligesom en bæk i forårstiden.

Hun har en lille på den ene arm; med den anden føler hun på geden, klapper den og siger noget kælent pludder til den.

"Mæ-hæ, hæ, hæ!" bræger den pludselig, så tvillingerne bliver bange, men de store børn hyler igen af glæde. Og da tvillingerne hører det, gør de ligesådan.

Per Holt står så stille med smil om munden og ser til.

"Ja, den er da til dig, mor," siger Jens og holder geden op i tøjret.

Sofie græder af glæde og rækker Jens sin hånd.

Han får tårer i øjnene. Og det er noget rigtigt kællingeri. Det føler Jens sådan, og derfor siger han rigtig, som han selv synes, råt og mandigt: "Nu skal vi fandme ha' bygget et hus til dyret med det samme. Vi skal nok hjælpe dig, far, min kammerat og mig."

Han tygger frygtelig tobak, så han er hel sovset om munden.

Han vrikker i hofterne og vrider på benene, som det var ham umuligt at holde de unge lemmer i ro sådan en forårsdag.

Han har en pakke kaffesager og sul, som han går ud i køkkenet med til moderen. Og så hiver han op af inder-

lommen en flaske brændevin, som han går ind og med et
smæk sætter fast på bordet.

"I daw vil vi dælen dundreme ikke tørste!" siger han og
spytter et plask på lergulvet.

Hvem skulle tro, at det var den tunge, trykkede, stilfær-
dige Jens fra hans drengedage.

Faderen iagttager ham.

"I er vist ikke fastende, I to!" siger han til Jens og hans
kammerat, der er meget tilbageholden.

"Nej, fandme er vi ikke, skænk en dram, far!"

Per gør det. Han sukker alligevel lidt ved det.

- "Hm, nå - skål da og velkommen hjem, Jens!"

Jens og hans kammerat kaster frakkerne.

Huset til geden bygges af tørv op mod husgavlen.

Taget lægges først af rafter, pors og ris, der skæres og
plukkes i mosen, og dette lag dækkes af lange, tynde
græstørv, der rulles hen over det som et tæppe.

Børnene ser til, og de er henrykte. Navnlig geden, det
underlige dyr, optager dem. Den står på græsskrænten
vesten for huset. Og da naboens hund, et lille, arrigt dyr,
kommer strejfende, udfolder der sig en herlig kamp mel-
lem den og geden.

Det er den skønneste dag, børnene har haft i lange tider.

Sofie må også ud og se, hvorledes det går.

"Hvad tykkes du, den skal hedde, Jens? - For hun skal da
ha' et navn."

Jens skubber huen langt ned i nakken og spytter langt
hen. "Ja, hvad skal vi kalde den!"

Sofie prøvede: "Mette - for eksempel - ikke?"

"Ja, den skal dælen dundreme hedde Mette, pøj!"

Sofie mener, at hun kan malke den med det samme, så
har de fløden til kaffen. "Å, det er rigtig skønt, Jens, du
huskede på den ged."

Jens griner og ser så godt hen til sin mor.

Per går så stille og siger ikke ret meget.

Han holder ved Mettes tøjr, medens Sofie malker den, og børnene står ganske andægtige omkring og ser den dejlige, tykke gedemælk skumme i spanden.

Senere, da de er ene inde, siger Sofie: "Å, - hvor det er skøn at ha' så'n en søn, Per."

Hun sier mælken op. "Tænk, der er næsten et helt fadfuld."

"Ja, Jens er en god dreng," siger Per. Han smiler og tilføjer: "Og han kan også vende sig i en hast. Hans lemmer sover ikke, he he!"

"Men" - Sofie sætter spanden ned og ser op - "han skulle da vel ikke være bleven for lysten til drammen?"

"Å, det er vist bare så'n ungdoms - hm - kådhed."

"Og han bander så voldsom. Der er noget, som får en til at tænke på herregårdslivet."

"Det er han jo også født op i, Sofi'."

"Skulle a snakke med ham om det, tykkes du?"

"A tror det næsten ikke i dag, bette Sofi', lad os nu se. Han er jo pæn i hans tøj, så det er vist ikke så galt. Han er naturligvis en rask svend, det kan en nok forstå. - Men, tho, det har en anden jo også været," smiler Per.

Hen på eftermiddagen kommer Lille-Per og henter sin mor; hun skal ud og se, at huset er færdigt. Døren går allerede på sine hængsler, og på et bræt ovenover har Jens skåret ind med store, flotte bogstaver: ”Mette”.

Det gør stor lykke.

"Han har sgu geni, knægten!" siger Per stille til Sofie.

"Nu skal I virkelig ha' jer en god tår kaffe." Sofie skultrer sig af bare tilfredshed. "Kom ind!"

- Noget efter, da Jens og den anden er ude ved husgavlen, ser de mosemændene henne ved nabohuset.

Jens vinker til dem, og de vinker tilbage. Så hujer han ud i forårsluften, og de svarer derhenne fra. Og der lyder en stump af dragonvisen:

... hugge med sablen
så hun piber...

Der er megen glæde i mosehusene den dag. Men foråret er jo også kommet. Arbejdstiden er inde.

- Da de er kommet til sæde igen, spørger Per: "Er der nu ingen bevægelse der sønder henne, hvor du tjener, sådan med hensyn til småfolk?"

"Jo," svarer Jens, idet han tænker sig om. "Der er en klat socialdemokrater!"

"Er du med der?"

"Nej! - Husmændene begynder for resten også at danne foreninger nu."

Der farer noget lyst over Pers ansigt. "A har nok hørt noget om, at der skal være gang i det der sønder over bakkerne. - Her er det bare søllehed," tilføjer han med et suk, og på ny spørger han: "Er der ingen af jer, der er med i noget af det?"

De to unge karle ser til hinanden. De må svare nægtende, men det ser i øjeblikket ud til, at de næsten undser sig ved det.

Uagtet de har fået nogle kaffepuncher, så lægger disse spørgsmål og hele Pers tone en dæmper på de unges noget forsorne væsen.

I stilheden spørger Per så pludselig med en forunderlig inderlighed: "Hør, Jens - kan du huske noget her hjemme fra - om - om sådan noget, som er i gang der sønder henne?"

Jens tænker sig om, så siger han i en underlig mørk tone: "Det første, a kan huske, var det store socialisttog, dengang, du ved, da de bette blev begravet."

"... Hys, der er din mor. - Nå, ja, men du har det altså godt, Jens, det er skønt at høre," bemærker Per afledende.

Lille-Per står ved bordkanten og stirrer beundrende på sin storebror.

"Nu skal du vel også snart ud at tjene, Bette-Per?" spørger broderen.

"A stabler tørv om sommeren i mosen," svarer Per helt stolt.

"Ja, han er så flink, det er Bette-Per." Faderen stryger ham over kinden.

"Du kan komme hen og tjene ved mig," siger Jens til ham.

Det vil Lille-Per da voldsom gerne. Og faderen bemærker, at han godt kunne lide, om han skulle der sønder ud.

- Nå, det er tiden, at Jens skal af sted.

Per får dog forinden sagt til sønnen i al stilhed, at han synes, han skulle være med i bevægelsen derhenne. "Det er dog I unge, det engang kommer an på!"

Jens får ikke svaret, før de andre kommer til, og så skal de gå. Men han sender sin far et øjekast, der er fuldt af kærlighed og beundring.

Forældrene og de mindre søskende står i døren, da Jens og hans kammerat går hen ad vejen.

"Tak for det, du kom hjem og så til os," råber faderen efter ham.

Jens vinker med hånden.

- Det er ved solfaldstid. De hvidkalkede gårde på bakkerne øst for mosen ligger så klare i lyset, og de store popler oppe ved Gammelgaard står så stille og drømmefulde. I vest går solen luerød ned under en skyfri himmel.

"Vi får fint vejr i morgen!" siger Per. "Og Gud ske lov, at sommeren står for, Sofi'!"

9

Om sommeren hentede mange af omegnens småfolk deres føde ved arbejde i mosen.

Mosen var som en myretue at se på med alle de travle mennesker fra morgen til aften. Mange havde endda pattebørn med; de lå i læ af buskene, hvor insekterne summede om ørene på dem, og lærken sang dem i søvn.

Sommervarmen står lige på, den syder over mosens ris og lave buske, og fjernt i horisonten stiger den dirrende til vejrs.

Hist og her blinker lyset i de blanke spadeblade og falder stærkt på et blåt eller rødt underskørt.

Mændene hiver tørvene op af graven, knøsene og kvinderne triller dem til udlægspladsen. Travlhed overalt.

Så stopper det omtrent på én gang. De samles om madtejnen og øldunken.

Per Holt kommer forbi sine naboer, den tørvefarvede Tammes, den skævhovedede Mose-Kristian, den blege, tyndhårede Tue-Per og Jerik.

En lyngbrink er deres bænk. Den hvide kæruld pynter fin og festlig op i deres nærhed. Porsens duft krydrer deres måltid, og de lette, lyse sommerskyer danner loftet i deres spisestue.

Jerik med det lange overskæg danner midtfiguren, og siddende og liggende grupperer konerne og børnene sig deromkring.

Per standser og hilser venligt, men det lader ikke til, at nogen rigtig bryder sig om det. Og Mose-Kristian, der altid er noget sur og drilsk, spørger Per, om han skal en tur hjem at se til konen.

Kvinderne skottede blinkende til hinanden.

Halvt undskyldende bemærker Per, at Sofie er jo noget svagelig

Tørve-Tammes' kone siger med en forfærdelig grov røst: "A er så'en i begge hofterne, te a kan snart hverken støtte eller stå, men a må sgu pænt hykke med."

Og Mose-Kristians kone jebbrer ind med: "Ja, a må fa'en ta'me også værsgo å sti, - ellers er han ett til at være ved, wråmpelen!" Det er hendes mand, hun mener; den skævhovedede trækker bare ansigtet til et grin.

Per tykkes nu, at konens plads er i hendes hjem.

"Nu begynder han sgu igen," mumler Jerik halvt for sig selv og tager en slurk øl for ligesom at kvæle noget.

- "Min kone skal i al fald blive hjemme, a er tilfreds, hvordan det så går."

Per ser næsten vild ud, da han tilføjer: "Det har a svoret engang, der hændte os noget!"

- Jerik stram: "Er du ikke i det hele taget så'n noget bedre?"

"Gud, hvor I dog er dumme!" Per ryster på hovedet. "I føler ikke engang den uret, der bydes jer. I slæber af sted med læsset, til der er nogen, der si'er turr!..." I pludseligt og stærkt udbrud: "Hvor fattigfolks børn egentlig er bleven mishandlet af livet!"

Det bryder så rent umiddelbart ud af Pers dybe væsen, så friskt og skønt, at de uvilkårligt lytter.

De kigger også op til ham, som han står der oven over dem og slår ud med sin hånd.

"Og I forstår ikke, at just nu går der en ny tid gennem landene - li'esom dagen hver morgen kommer skridende fra østen ind i dalen her!"

Per vender sig og går med det samme.

Et øjeblik hersker den stilhed, der altid bliver tilbage efter noget smukt.

Men da Jeriks kone med sin skarpe røst råber efter ham: "Hils fruen!" så er den modvillige stemning der straks igen. De ler, så det skralder.

Per vender sig og vil sige noget. Han står et øjeblik.

Men han betænker sig og går videre.

De ler højt ad ham. Og Jeriks kone løfter endog benet og slår på låret, mens hun skranier.

Tørve-Tammes har imidlertid fået tygget af munden. Han siger aldrig noget, mens han spiser, og det varer somme tider længe. Nu vrænger han munden frygteligt for at få nogle krummer skubbet væk; til sidst skyller han dem ned med en slurk øl.

Så siger han: "Den er gal. Det er synd. A ved noget."

"Hvad er det, der er gal, bette Tammes?" spørger konen.

"Det er fa'en pineme, som I gør ved ham, Per. - Se, han har været herregårdsarbejder. Og konen malkede på gården, forstår I. Og så var de små børn jo ene hjemme, og se ..."

"Skynd dig nu, Tammes!" si'er konen.

"A vil nemlig - fortælle 'et korrekt, forstår I. - Nå, se altså er de små børn ene hjemme. Og så sætter de ild på kassen."

"Nå!" udbrød flere på én gang. "Brændte det?"

"Ja, katten knorreme brændte det. - Børnene - gjorde da i alt fald."

"Børnene!"

"Ja, der døde da tre bette børn for dem."

"Åh, Herregud - tre bette børn!" sukkede Tammes' kone.

"Og de brændte ihjel, Tammes?" spørger Mose-Kristians kone. - "Å Herregud, det bette skidt!"

Tammes nikker.

"Og siden den tid er hun li'esom... ja, a skal ikke sige noget, men hun er vist ikke rigtig hele tiden!"

Jeriks kone, der for lidt siden var så kry, er ved at blive hel modfalden.

"De sølle folk!" siger hun og ryster på hovedet. "A troede sgu, hun var storsindet."

"- Ja, men ved du'et, Tammes?" spørger konen, "hvordan kan du vide mere end andre folk?"

"Ja, gu' ved a'et, for min søskendebarn fortalt det den anden dag, vi var til begravelse." Tammes spytter hen i en tørvegrav og er ikke fri for at være lidt vigtig.

Tue-Per sidder tilsyneladende ligegyldig; han er så forslidt, den lille mand, så han snart hverken hører eller ser. Mose-Kristian trækker rynker på næsen. Men Jerik er blevet bleg. Han siger: "Ja, er det sandt, Tammes si'er, så har vi båret os ad som nogen skittinger - no'en rigtig grimme skittinger! - A troede også, at de var storsindede."

"Tre bette børn!" Tammes' kone virrer med hovedet.

"Og så brændte!" siger Jeriks kone. "Se, nu kan en alligevel bedre forstå mange ting."

"Ja, det tror fanden!" tager Jerik på.

Tammes rømmer sig: "Og så sa' han, min søskendebarn, at Per Holt turde sige til herremanden, hvad det skulle være, ligefrem, fanden galeme, li'esom vi andre sidder å snakker!"

Der blev et lille ophold, som om de tænkte sig Per stående over for herremanden.

"Han er nu ikke så nem å rend ekold, den svend," siger Tue-Per og gaber lidt træt.

"Nej, det har en jo mærket så tit," tilføjer Jerik og trækker i sit overskæg.

Tammes: "Til sidst blev han da jaget fra herregården."

"Jaget væk?"

"Ja, men det var sgu for det, han talte de små deres sag. Jaget væk som en hund, de ville ikke ha' ham på gården!"

Jerik trækker atter i overskægget, og som resultat af hans tanker kommer den sætning: "Ja, vi har båret os forkert ad - føj! - han er jo en mand - han er jo ligefrem en mand!..."

De andre sidder stiltiende....

Fra den dag af voksede Pers skikkelse sagnagtig for de andre mosemænd.

I de fattiges sind ligger altid gemt nogle oprørstanker, som under livets gang frygtsomt har puttet sig hen uden at få luft.

Og der er næppe så usselt et indre, uden at jo drømme spirer der, og håbet kaster sine stråler derind.

Disse skyggetanker fra urettens mørke og disse drømmes lystanker levede i denne tid op hos de fattige mosefolk.

Det var Per Holts skæbne, der gjorde det. Det var den mand af deres egne, der gik her midt iblandt dem, den mand, der turde tale frit til selve kammerherren på Gyldholm, det var ham, der førte et befrielsens pust ind i dalen.

I det lys så de Per, og således kom der glans over hans skikkelse.

Men han holdt sig herefter for sig selv.

De nærmede sig venligt til ham.

Men han undgik dem.

De fulgte ham langt med øjnene, når han gik sin ensomme gang i mosen eller til bøndergårdene.

Og når han kom forbi vinduerne, ville de gerne kigge efter ham, som om der var noget mærkeligt ved denne mand.

10

En søndag står Per i døren og ser ud, ser syd efter hen over engene, hen mod bakkerne.

Hans tanker flyver langt hen, bort herfra. Der er længsel i hans blik...

Han får imidlertid ikke ro til ret længe at stå med sine ensomme tanker, for børnene hænger altid om ham, når han er hjemme. En lille en kommer og vil op på hans arme, og tvillingerne, der nu er store, går om benene på ham.

Han gør en vending ind i haven. Der står nogle rækker kartofler, hvis blade gulner. Hvidkålene er ormædt; kun bladribberne er levnet. Der er for resten ikke meget ved haven. Også diget er i forfald.

Maren graver kartofler op til middagsmad. Sofie står derved, ret op og ned, uden at røre sig. Hendes hår tjavser uredt frem af hovedklædet, hun siger ingenting; hun står helt hensunket som en støtte.

Der kommer liv i hende ved det, børnene tumler ind med Per. De rykker nemlig i deres far, at han skal lægge sig på fire og være hest.

Og så ler de højt og laver en munter støj, der kan høres langt hen.

Med ét står geden Mette oppe på diget og bræger.

Den er ellers tøjret på de grønne brinker vesten omme. Men nu, den hørte støjen, har den revet sig løs. Den vil være med i legen. Nu står den der og bræger helt gennemtrængende.

Og børnene ler og ler af Mette. Den ser så pudsig ud med det struttende skæg; den er så morsom og gemytlig. Og så leger de med den; det går op og ned ad diget i vild tummel.

Det fornøjer Sofie at følge dette, så hun smiler.

Per søger hen for sig selv. Der er en grøn tue sønden for, den sætter han sig på.

Der driver ammoniakduft forbi fra gødningsbunkerne oppe på Højbybankerne, og en stram roelugt fører vinden også med sig.

Luften er så høj og ren, at enhver farve er klaret derigennem. Bærrene i den enlige rønnebærbusk hist henne i grøften hænger som koralperler i buskens grene.

Og broen over Højby Å med sit svære rækværkstømmer ses så tydelig over den lave engflade.

Hvem der kunne gå hen over den bro, fri, og videre mod syd helt hen bag bakkerne, hen, hvor der var andre forhold.

Men Sofie vil ikke herfra. -

Mosen er grønlig her og mørk der, og den er spættet med blomstrende lyng. Dens flade strækker sig uendeligt ud mod sydøst, - uendeligt.

Per falder i tanker -.

Han vækkes ved en lyd fra luften, som om en kæmpeklinge blev ført fra øverst til nederst med en hvinende kraft.

Det er stærene, der holder øvelse, inden de går på det store træk.

De har samlingsplads oppe på Højby Bakker. Der kommer de fra hele omegnen i småflokke, samles der til en stor fuglehær.

Som på kommando bryder de op og svinger sig ud over mosen. Nogle afdelinger, der lige ankommer, slutter sig straks til, og en enkelt efternøler putter sig ind i skaren.

Den svinger i en vældig rundkreds hen over mosen for atter at lande på Højbybakkerne.

Denne øvelse gentages gang på gang.

Men en dag bryder stæren op for alvor, og så går det ud mod de fremmede, fjerne kyster.

Per sidder længe og følger stærenes flyveøvelser og lytter til vingernes fløjtende sus.

Så ser han mosemændene, hans naboer, komme gående henne på vejen.

> Hvornår vil du komme, du strålende dag,
> da småmandsskarerne fylkes?

Dette vers, som han kunne huske fra et digt i "Socialisten", randt Per i tanker.

Det så ud, som om de ville her forbi.

Han rejste sig og gik ind; han brød sig ikke om at tale med dem.

Men han satte sig inden for ruderne og så ud på dem, i grunden så længselsfuldt; han fulgte dem med ligefrem sugende øjne.

Mosemændene drejede ind til hans hus.

Sofie havde også lagt mærke til dem. "Men Herregud, Per, hvad vil de mennesker her?"

"A ved det ikke!" Han blev ved at stirre; nu var der noget forskende i hans blik.

"Er det noget ondt, de vil, Per?"

"Det er ikke værd at vente for godt. - Men lad dem bare komme hver én!" Per trak varulve-brynene sammen -.

De sagde goddag, og Per svarede.

Der stod de inden for døren og sagde ikke mere.

Per sad stum. Både Sofie og børnene stod i række og næsten gloede på de fremmede.

Luften var strammet som strenge til at stryge på.

Endelig bemærkede Jerik, at de havde talt om, at de bare ville over og se, hvordan Per havde det.

Da kunne Per høre på tonen, at de ikke ville noget ondt, og så bød han dem sidde ned. Og der gik samtidig en spænding bort fra Sofies træk.

Hm! Den ene ser til den anden.

"Det er fint vejr!" siger Jerik.

"Ja," svarer Per.

Tørve-Tammes spytter en plask.

De sidder og ser på hinanden lidt. Det er, ligesom der må siges noget.

Det venter man på, men endnu er det ikke sagt.

Jerik er ordfører; det kan ses på ham.

"Ser du, Per, hm - a si'er jo så mange ting!"

"Ja, det ved Gud, du gør," griner Tørve-Tammes.

Mose-Kristian trækker i mundvigene, og Tue-Pers tynde skæg hænger slapt.

Per rømmer sig; han ved ikke rigtig, hvor de vil hen.

"Jamen, når man si'er så meget, så kan det ikke alt sammen være lige godt!" Jerik trækker i sit lange overskæg. "Heller ikke lige rigtig, - altså!"

"Nej, og du vidste jo ingen besked, men se, det vidste a - det er noget helt andet!" Tørve-Tammes' mund bliver dobbelt så bred, som den plejer at være.

Per forstår, at det skal være en slags undskyldning, og siger til Sofie, om hun ikke har en tår kaffe.

Det letter alt sammen.

Da hun er gået, bøjer Jerik sig over mod Per, hviskende: "Vi ved godt, hun har gået meget ondt igennem. Og det har du også, Per. Du vil os også godt og - æ - så'en henad vejen!"

"Vi forstår det hele, kort sagt, det er da meningen!" indskyder Tammes og ser åbent over på Per med sine store, ærlige øjne.

Der er sådan en trohjertethed i klangen af deres tale. Per kan høre deres hjerter deri. Han sidder bøjet og vender med velbehag sit øre mod deres ord.

Sofie kommer ind i stuen. Og pludselig begynder Tørve-Tammes at tale om en helt anden ting. Så pudsigt virker det på Per, at han ler derved.

Og hans latter lyder, som om den havde været gemt hen og nu pludselig slap ud i det fri.

Han ser så godt hen til Sofie. Hun forstår, at han er glad i sit hjerte. Og det giver et genskin, et smil, en lysning over hendes ansigt.

De drikker et par kaffepunche. Det er, som luften er blevet så let at ånde. De er godt tilpas alle sammen.

Og så snakker de rask væk. Og de griner og spytter af store skråer, så det plasker på lergulvet.

Hen på tiden støder Jerik med langefingeren hårdt i bordet; det gør han altid, når han har noget på sinde af vigtighed.

"Og så må du forklare, Per," siger han, "hvordan vi skulle ta' fat på sagen, vor egen sag, som du si'er."

"Hvis vi kunne komme ind på livet af dem, de svende!" mumler Mose-Kristian.

Og Tørve-Tammes føjer leende til: "Ja katten knorreme, ha, ha!"

Tue-Per hoster: "Højbykongen han er ikke nem at ta' tag med."

Enden bliver, at de skal samles en anden dag og så imidlertid få bud til de andre landarbejdere.

Per følger dem til døren.

Og da de er gået, bliver han stående et øjeblik.

Aftenskæret står så gyldenfint over Højbybakkerne. Og han vender sig mod øst, hvor Gammelgaards hvidkalkede mure lyser gennem poplerne.

I morgen tidlig vil solen stige der.

Per synes, at jorden alligevel er så smuk.

11

Per Holt flyttede stikkelsbærbuske og rodede op i læbæltet i Højbygaards have; han kunne udføre al slags arbejde, Per, havde højbymanden snart opdaget.

Jorden var fugtig, bladene våde; ude fra markerne kom efterårsrusket drivende ind mellem grenene.

Per arbejdede rask.

Han havde lagt mærke til, at konen i gården luskede lidt omkring der i nærheden.

Hun kunne jo godt se på buskene, på haven i det hele taget, men det var, ligesom hun havde et andet ærinde.

Hun standsede ved Per og gav sig i snak. Hvad mon der egentlig lå bag ved det? Hun var ellers ikke af de snaksomme.

Hun snusede hurtig og lydelig luften ind gennem næsen; noget var der altså.

"Hvordan har du det hjemme, Per?"

"Godt!" svarede Per hen i vejret; han tænkte nok, at det var ikke det, det drejede sig om.

"Å Gud ske lov, Per, det er skøn' at høre!" Hun foldede hænderne over den svære mave og føjede til, idet hun løftede sit blik opefter: "Vi har rigtignok alle sammen meget at sige Gud tak for, vi stakkels mennesker - mon du husker på det, Per?"

"Å, det kan vel være ringe nok!" Per blev ved at arbejde.

Der kom et lille ophold.

- Hun snakkede noget ligegyldigt om de her stikkelsbærbuske. Men så vendte hun sig pludselig mod Per og spurgte: "Hvad er det dog for noget, du har sat i gang, Per? - Vor far han er så vred."

Per hvilte armene på spaden. Han forstod, at nu var hun ved sagen.

"Du mener vel fagforeningen?"

"A kender'et ikke sådan, men vor far han si'er, at I småfolk herefter vil bestemme, hvad løn gårdfolkene skal gi',
men det er da forskrækkelig."

Per smilede.

Han gav hende ikke andet svar.

"Du kan da nok forstå, at det kan aldrig gå, Per, opgi' det
hellere."

Per kneb øjnene sammen, idet han spurgte: "Hvorfor
skulle a det?"

"Vor far er så vred over det!"

Da lo Per højbykonen op i ansigtet.

Men hun blev vred og sagde: "Det er det samme, du vil
komme til at fortryde det, bette mand!"

Dermed gik hun.

Ikke længe efter kom hun imidlertid igen. Hun havde da
en venlig tone og bad Per komme ind og få en tår ekstra
kaffe og en sigtemellemmad.

Og så sagde hun til Per, at hun mente det bedste, og der
ville komme meget splid og meget ondt ud af dette her,
det kunne hun forstå på sin mand.

Og det var jo også et urimeligt påfund, det var ikke ret.

Og hun kendte Niels Rask på Højbygaard. Og derfor
mente hun, at når hun nu snakkede pænt med Per om det,
så kunne det hele dø hen igen. Og hun var vis på, at så
ville Niels Rask heller ikke tænke mere på det.

Men Per var helt urokkelig.

"At du tør, Per!" udbrød højbykonen hovedrystende og
dog halvt beundrende den, der vovede at trodse højbykongen. -

Så kom aftenen, og Per skulle have dagløn.

Højbymanden lod først de andre folk gå, da de havde
sunget en salme, hvis sidste vers lød således:

> Man må her på den syndig' jord
> med mange djævle kæmpe,

kun ét, det er Guds rene ord,
kan oprørsånden dæmpe,
så hver sig finder på sin plet
med stand og stilling nøjet, -
da bliver også sjælen ret
imod Guds hjerte bøjet.

Han ville ikke, at folkene skulle høre, hvad Per og han muligt kunne sige hinanden.

Men han lod som ingenting. Han sad for bordenden, bred og stovt og med indskriften "Herren er min hyrde" som en krone over sit hoved.

Daglønnen var 25 øre højere end sædvanlig på denne årstid.

"Hvordan kan det være, Per?" spurgte manden uskyldig.

"Det er efter tariffen," svarede Per.

"Så, - tariffen?"

"Ja." Per svarede i en tone, som om tariffen var en hemmelig magt, som hverken han eller højbymanden kunne rokke noget ved.

"Hvad er det for en tarif - om a må spør'?"

Når højbykongen var høflig, så trak det sammen i hans sind.

"Det er fagforeningens."

"Hvad for en fagforening?"

"Højby Sogns landarbejderes!"

"Nå - den, du er stifter af?"

"Ja."

Ingen af dem bruger flere ord end akkurat nødvendigt.

"Du tykkes ikke, I får stor løn nok i forvejen?"

"Nej!"

"I vil bestemme prisen, og så har vi bare at betale."

"Ja!"

"Du er en flink mand, Per!"

Huden synes at stramme sig over højbykongens benede, karakterfulde, skægløse ansigt.

Pers svar er holdt i en tone, der lyder, som om Per må samle al sin kraft for at stå imod.

Efter et ophold fortsætter Niels Rask: "Købmanden, han sætter prisen både på det, vi bønder skal sælge, og det, vi skal købe; skal nu arbejdsmanden til selv at bestemme daglønnen, så tykkes a, en har ret til at sige: Stop!" - Han rejser sig heftig. - "Bogstavelig talt ret efter Guds og billighedens lov!"

"En bonde og en landarbejder kan nemt komme til at se forskelligt på det punkt."

"Det er ikke værd, du er næsvis, det klæder ingen godt, især ikke småfolk."

Per rejser sig også.

"Du er en ufrelst mand, Niels Rask; du fik en gård efter din far og har ingen ting prøvet."

”Min erfaring som kristen mand har givet mig et lys over livet, som du ikke kan få, om du så lever i verden i hundrede år. - Synd og nåde, Per, det er livet, men du kender det ikke!"

"Hvis det er Gud, der gør fattig og gør rig, hvorfor har han så givet dig en god gård og mig armod og elendighed - kan du svare mig på det?"

Manden tier.

”A si’er, kan du svare mig på det, Niels Rask?”

Højbymanden gør et lille ophold, som om han overvejede noget. Så siger han i en anden, en indtrængende og venlig tone: "Per!"

Per studser. Han hører nemlig mandens hjerte. Og han forstår, at nu vil han ham godt.

"Hør nu, Per, du er en rask arbejder og en dygtig mand. Her på Højbygaard kan du arbejde din livstid. Du kan få din næring herfra til dig selv og din familie - du skal i al fald aldrig komme til at sulte." -

Et øjeblik tænker Per sig om; der er noget, der lokker ved det, men han er ikke længe om at forstå, at så vil han blive livsslave på Højbygaard. Og ligesom for med magt at rive sig løs svarer han unødig stiv og studs: "A skal ikke ha' noget af din nåde, og a er lige så fri en mand som du, Niels Rask!"

Konen er derinde og hører på dem. Hun ser hvert øjeblik hen til sin mand. Hun undrer sig over, at han tåler alt det, denne mosemand siger til ham.

Og hendes mand, der står der for enden af bordet, er endda oven i købet næsten ydmyg, tykkes hun...

Men det er han sikkert også alene ved Guds kraft.

Højbymanden vil ikke være vred i dag, om det kan undgås. Han spørger: "Vil du lade den her grimme fagforening falde?"

"Hvorfor er den så grim?"

"Fordi den vil tvinge vi bønder! Der er noget ondt i det! - A spør' på en god måde, vil du lade den falde?"

"Aldrig!"

Pers blik tændes indvendig fra, og strålerne lægger sig som lys over hans træk. "Dette her, det er ikke min sag alene. Det, der mødes her, er mere end mig og dig, Niels Rask. Det er retfærdigheden på jorden."

Da Per har sagt det, har hans hoved en smuk holdning, der klæder ham.

Højbykongen rejser sig. Han er bleg, og hans læber er sammenpressede.

"Ja, denne sag, det betyder ufred og ondsind ind over Højby Sogn, forbitrelse, ødelæggelse -." Han stopper et øjeblik, som ser han omvæltningens strøm skylle frem.

Han løfter sit bryst, som om han byder sin bringe imod, og fortsætter med stor personlig vægt: "Men a må standse det - a må. - Folk venter det også. - Og det er ret. A må!"

Der er overbevisningens magt i hans væsen.

Der bliver stille en kort stund. -

Da hæver Per sin røst: "Må a sige dig et ord, Niels Rask. Du bor som sognets konge her på Højbygaard, og a bor som en fattig pjalt i et usselt mosehus. Men i denne sag er a stærkere end dig. Og det, a ikke når, vil mine sønner sætte igennem."

Niels Rask svarede ikke.

Men konen bemærkede, at det måtte være strengt at have så stridigt et sind som Pers. Og hun ville ønske, Gud nåde ham.

Da blev Per bitter og sagde: "Å, I med jer religion! - Tror du ikke nok, Niels Rask, at Gud vil gi' dig kraft til at gi' en arbejdsmand 25 øre mere om dagen - humbug!"

Per lod sin hånd synke kraftig i højbykongens bord.

Konen klagede: "Å Herregud! Sikken en mennisk!"

Men Niels Rasks læber blev ganske blege, og han dirrede, idet han sagde: "Å din stakkel! Du får snart andet at tænke på! Og de stakkels mennesker, du har fået narret med! A har næsten ondt af jer, I sølle, fattige stympere..." Og med særlig kraft fortsatte han: "For nu er I dømte!"

"Nu er du ulykkelig, bette mand!" siger konen.

Per smiler trodsigt.

"Her er dine skillinger! - Du skal ikke bryde dig om at komme mere på Højbygaard!"

"Tak!" sagde Per. "Du er en kærlig og kristelig mand, Niels Rask!"

Men højbykongen rejser sig i fuld styrke.

"Der er ingen råd! Dem, der ikke vil, de må bøjes!" -

Og han føjer til med lidenskabens stormsus i sine tanker, som om der er sluppet noget løs, der ikke er til at standse for mennesker: "A kan ikke redde dig! - A lukker sognet for dig! - gå, mand!"

12

Per Holt sad på en stol med albuen på knæene og så ned på sit mørke, klamme lergulv.

Han havde siddet længe således og grublet...

En tid havde han intet arbejde haft. Han havde prøvet flere steder hos højbybønderne, men de havde ingen brug for ham. Og det var blevet sagt ham på en måde, så han mærkede en stærkere hånd bag ved det.

Hans mørke, rugende tanker trykkede de andre derinde. Sofie og de ældste børn vidste nemlig godt, hvad han sad og tænkte på.

Der var denne uhyggelige stilhed, som ved vintertid så ofte findes i fattigmandens stue. -

Endelig sagde Sofie noget om, hvordan de skulle komme vinteren igennem.

Han lod ikke til at høre det. Det vækkede ham da ikke.

En tid efter spurgte hun: "Hvad sa' købmanden?"

"Han var ikke særlig høflig," svarede Per mørkt.

Noget efter rejste han sig og sagde med en pludselig lys tone: "A tror, a går ud på Højby Sø, om a ikke kunne ta' en bette fisk!"

Alene den sætning tændte en lysning over alle ansigter. Så let vækkes håbet i småmandens bryst.

Per vandrede norden ud og hen omkring bakkeknuden, hvor søen fandtes.

Rundt om ham lå den frosne jord med sine hårde knolde, hver knold med en lille drive i læ, så markerne var stribede af sne, fra vest til øst.

Her og der sluttede en bondegårds velbyggede fire længer sig sammen som en sikker fæstning mod vinternød. Af skorstenspiberne stod røgen lige op i den stille frostluft. Han syntes, han kunne lugte maden fra ildstedet i de gårde, han kom tæt forbi, og han måtte foretage idelige synkninger ved tanken derom.

Han følte sig så underligt ene. Hvad for en af gårdene han end ville gå ind i, så ville han være som en fremmed her i sit eget sogn...

Nå, men hjemme sad Sofie og børnene og havde intet til livsophold!

Intet at mætte sig på, - Maren, Mads, Kresten, Marie og Sofie, - uden en skalk brød og nogle kartofler.

Og han vidste ikke, hvordan han skulle skaffe noget.

Ikke efter fornuften og rimeligheden da.

Men det kunne jo f. eks. være, der var en fisk i den sø. Han vidste det ikke, havde aldrig hørt om det; det var et indfald, han fik... Der kunne måske i det hele indtræffe et eller andet mærkeligt.

Man havde hørt sligt før. Der var jo for resten så meget forunderligt i livet.

Han fortsatte sin ensomme gang forbi gårdene. -

Maren, Mads, Kresten, Marie og Sofie!

Det sved i hans bryst. Han følte det, som hans hjerte sad i sår.

Han blev træt og satte sig på en hårdfrossen brink ved vejen.

Der bad han til Gud. Bad om det daglige brød. Til dem derhjemme. Og netop bare for i dag. Han forlangte intet for sig selv, når bare de måtte blive mætte og glade. Maren, Mads, Kresten, Marie og så Sofie! -

Han syntes lettet, da han gik videre.

Han huggede sig et firkantet hul i isen og kastede sin snøre. Han var hel underlig til mode, for han var næsten blevet vis på, at der var fisk.

Der gik lang tid.

Så...!

Han skiftede kulør. Hele hans forkomne udtryk forandredes i et nu ved den varme strøm, der gik fra hans hjerte. Og ved tanken om dem derhjemme.

Han så med glansfulde øjne på den lille aborre, der lå og sprællede på isen.

Han fik snart en til.

Nu mærkede han ikke mere, at kulden bed gennem hans tynde, slidte tøj.

Her sad han alene menneske på den store, snehvide søflade med de vældige bakker omkring og den klare, høje himmel over sig, - så lille, kun som et punkt. Her sad han og drog det daglige brød ud af et hemmeligt dyb. Hel højtidsfuld.

Det var, som om han blev båret. Og han blev så sælsom rolig i sit sind.

Disse gårde, han nys gik forbi, dette nære, disse dagligdags ting - han var ligesom kommet bag ved alt det, hen, hvor livet gav mere plads, større udsyn, dybde...

Han åndede let.

Da Per gik hjemefter med et lille knippe fisk og nåede til den brink ved vejen, hvor han havde standset på udturen, stoppede han uvilkårligt.

Og han hviskede en tak til himlens og jordens Gud, som han troede havde hjulpet ham.

Han kom til at tænke på højbymanden og på, at han nok havde ret i, at der egentlig kun var ét sted, hvor der virkelig var hjælp nok at få for menneskenes nød...

Å, som Per skyndte sig hjem. Jo nærmere han kom huset, des mere forpustet blev han, så rask gik det.

Et par af børnene stod og kiggede ud ved hushjørnet; de løb ham i møde. Og da de følte på hans taske, at der var fisk, hoppede de af glæde.

Fiskene blev lagt frem på bordet, og hele familien samlede sig om de smukke, grønlige aborrer med de mørke striber ned ad siderne og de rødgyldne finner under den lyse bug. Alle måtte røre ved dem.

Et øjeblik efter var fiskene over ilden.

Imens sad børnene ganske stumme, og så på hinanden med store, slugne øjne. Engang imellem drejede de hoverne og lyttede til den brasende lyd fra panden henne fra kakkelovnen, hvor maden stod i røg og os.

Og jævnlig sank de den væske, munden stadig løb fuld af.

13

Men aborrerne i Højby Sø bed meget uregelmæssigt på krogen. Det var helt tilfældigt, om han nu og da hentede sig et lille knippe.

Det blev i hvert fald ikke den stadigt flydende nådeskilde, han måske havde tænkt sig.

Og så en dag kom han hjem efter at have tilbragt mange timer ude på isen i sine tynde klæder, forfrossen og elendig.

Det blev til et langt sygeleje.

Og det så ikke godt ud hos Pers i den tid.

Om aftenen i mørkningen kom Tørve-Tammes jævnlig og snakkede med Per. Hver gang fortalte han om en svoger, som havde haft lungebetændelse syv gange. Og Per skulle passe på med det, og han måtte hellere få en doktor, syntes Tammes, han blev vel nok betalt engang.

Ved hvert besøg fortalte han om den svoger, som for resten også havde været dragon ligesom Per, og imens spyttede Tammes det ene plask på lergulvet efter det andet.

Og det var hel rosomt for Per at høre Tammes' godmodige og trohjertige stemme.

Stundom kom Jerik et rask vend indenom.

Når Per ikke lagde mærke til det, iagttog Jerik ham meget skarpt, som om han forskede efter fremtiden, fremtiden for Per og for sagen.

"Tror du, vi kan holde ørene stive, Per?" spurgte han somme tider.

Jerik havde engang imellem en fugl med til Per fra jagten, som han drev lidt om vinteren.

Tue-Pers var de nærmeste naboer, og konen var Sofie en trolig hjælper, når det kneb hårdest.

Tue-Pers holdt duer, og når der var unger i den her tid, sagde Tue-Per til konen: "Ta' en unge med til ham deromme, mennesket er jo syg!" Per blev betragtet af mosemændene som en person af vigtighed.

Pers sønner, Jens og Lille-Per, der nu var en hel karl, tjente i samme by sydpå ad Framstrupkanten.

De var tit hjemme en tur, og de havde i denne tid, da Per var syg, altid penge med.

De kom gerne søndag eftermiddag. Når det var godt middag, begyndte Sofie at kigge ud ad vinduet, hvorfra hun kunne se Højby Bro løfte sig over de frosne enge, hen, hvor vejen slyngede sig mellem bakkerne mod syd.

Og hver gang hun nærmede sig til vinduet, fæstede Pers øjne sig straks ved hendes ansigt.

Der kunne han fra sin plads i sengen læse, hvad hun så.

Og så snart sønnerne viste sig langt ude på vejen, så vidste Per straks, at de kom. Sofie behøvede ikke at fortælle det, han kunne skønne det af smilet om hendes mund.

Også de mindre børn glædede sig; det var en hel oplevelse for familien i Mosehuset, når de raske sønner kom hjem. Det var ligesom et bud fra det fremmede, det fjerne, skønt de ikke boede ret langt borte. Men de fattige mosefolk kom aldrig ud; de havde ingen klæder, de kunne vise sig i på fremmede steder.

Men hvor fattigt end Mosehuset var, så kunne det altid trække børnene hjem til sig.

En dag, sønnerne var hjemme, havde Lille Per eller Unge-Per, som de nu kaldte ham, et sæt nyt cheviottøj på. Småbørnene, der ikke var vant til andet end lappede, stoppede og falmede klæder, stod beundrende rundt omkring ham og syntes, han var ligefrem en fin herre.

Sofie strøg ned over tøjet; så lagde hun hænderne sammen under forklædet og sank også hen i stille betragtning.

Per sagde til sønnen: "Nu til maj skal Mads ud at tjene. I må se at skaffe ham en god plads der sønder på, hvor I er, for a kan mærke, at der er bedre forhold. Der er mere liv i tingene. Det er bedre for ungdommen der. - Det skal være hos gode folk, naturligvis, han er jo så bette," lagde han til i en blød tone.

"Men hør, drenge," udbrød Sofie, "I har nok noget aflagt tøj, Mads kan få, så han kunne komme pænt fra døren."

"Vi skal nok få ham pænt af sted," sagde Jens smilende og tog Mads venligt om skuldrene.

Moderen så op til Jens og lo: "Ja, du samler på skillinger, Gud ved, hvor mange penge du nu har i kassen, ha, ha!"

"Hvad er dit mål, Jens?" spurgte faderen.

"A vil være min egen mand!" svarede sønnen fast.

"Det er hel godt, men - æ - hvordan går det ellers?" - Per vendte sig i sengen om mod sønnen - "Er I med i noget af det der sønder på? Er I medlemmer af socialdemokratiet? Af husmandsforeningen? Eller af landarbejderforbundet?"

Sønnerne så til hinanden, men de svarede ikke rigtig noget. De rystede bare lidt på hovedet.

"Der går jo nemlig en strømning i tiden, en rejsning... ja, for I sover da vel ikke?" tog Per pludselig på. "Hvor har I jer gang? Hvad selskab søger I?"

Per ville skam vide besked.

Sønnerne sad halvforlegne. Det var ikke så nemt at svare på i en hast, sagde de.

"Hvor skal I for eks. hen i aften?"

"Til bal."

"Hvor?"

"I kroen."

"Er I afholds?"

"Nej."

"Er der ikke bal andre steder?"

"Jo, i det ny forsamlingshus."

"Kommer I der?"

"Nej." Jens trak på det. "Der kommer kun så'n de mere fine."

"Er I da grove?"

"Vi er jo da så'n kun - tjenestefolk."

Men da rejste Per Holt sig næsten over ende i sengen; hans øjne gnistrede.

"Er I for simple! Det var satans! - A troede ikke, mine sønner havde sådanne tanker!"

Sønnerne blev helt flove.

Per lagde sig hastigt tilbage i sengen og blev tavs. Det hev i det øverste af brystet; han var blevet så stakåndet under den sygdom.

Snart efter skulle sønnerne af sted.

"Nå, ja, ja, børn!"

Per var venlig igen.

"Vi skal nok se hjem til jer engang imellem," sagde de.

"Å ja, bette børn." Sofie lod hånden stryge hen over begges tøj for ligesom at pynte på dem.

"Lad mig se, I aldrig stikker op, drenge!" var det sidste, Per sagde, inden de gik.

Da sønnerne kom udenfor, sagde Unge-Per: "Det er alligevel skønt at komme hjem til den gamle!"

"Ja, men han vil sgu somtid eksaminere os," smilede Jens. "A tror nu nok, han selv har slået store slag i hans unge dage."

"Det tror a også." Unge-Per satte sit hoved tæt og interesseret hen til Jens.

"Men der er et højt sind i ham!"

"Ja, hans nakke er ikke nem at bøje," svarede Unge-Per glad og stolt.

De var kommet hen til vejen og vinkede tilbage, som de plejede.

Da de gik videre, bemærkede Jens: "Ja, hvis vor far nu ikke havde været fattig... men han er ligegodt en svend!"

"Han er en knop," svarede Unge-Per.

Sofie kiggede ud ad vinduet, så længe hun kunne øjne dem.

Derefter tabte hendes udtryk sin glans, som en glød, der slukkes.

Hun sank hen i sløvhed.

14

Middagsbordet står, ligesom de har forladt det, med kopper suget så tomme, at der ikke er en eneste dråbe tilbage. Der er overhovedet intet levnet, ikke en brødkrumme, ikke så meget, at en mus kan tage det mellem tænderne.

Børnene er blege; det bliver de altid sent på vinteren. De går tynde og kuldskære omkring derinde.

Legen kan ikke rigtig fange dem.

Det er nemlig en af de isnende vinterdage, da kulden trænger så let gennem småmandens utætte hus og tynde klæder, som om han var uden beskyttelse.

Per sidder ved vinduet. Han er også meget bleg, især nu efter sygdommen, og han hiver noget efter vejret.

77

Han presser sine læber sammen, og bevægelserne ved tindingen viser, at han knaser tænderne mod hinanden engang imellem.

Han sidder i sine egne tanker. Ingen siger noget.

Der er kommet noget hårdt i Pers ansigt i den sidste tid. Hans udtryk viser, at det, han sidder og tænker på, gør hans sind mere og mere bittert.

Nu midt på dagen brænder solen igennem, og den gnistrer ude på sneen, så det skærer i øjnene.

Engang imellem kommer en møllevogn, en mælkevogn eller andre vejfarende forbi.

Men pludselig blinker det i et flot nysølvsseletøj og et par blankbrune, blommede heste.

Der er fire tykke, pelsklædte personer på kanen.

Bjælderne klinger, så hele Holtfamilien farer til vinduerne.

"Men Herregud, hvad er der ved'et?" udbryder Sofie.

"Det er hans fødselsdag i dag!" svarer Per.

"Hvis?"

"Vi har vel ikke uden én "ham" her i sognet."

Kanen, der kommer straks efter, har klokker.

"Nå, det er ham, den Bette Norre fra Katholm, han er bror til den første, der kørte, Store-Norre. - Og de er lige dumme begge to og lige nærige." Det er Per, der snakker halvt med sig selv.

Nummer tre kane trækkes af to fuksrøde hopper med hvide sokker og lys manke. - Det er Tykke-Jeriks fra Karsdal.

"Se nu til ham der! Han ligner jo fa'en knækme en fed galt, der skal til slagteriet... Han gi'r 15 øre i drikkepenge. Det har truffen, han har givet 25 øre, men så tykkes han, at han har gjort en heltegerning... Ser du ham, der kommer nu med de to kulsorte, det er et par løbere, kan du tro - han gi'r 35 øre."

"Du kender dem nok godt, Per."

"Ja, de kom jo stadig på Højbygaard den tid, a var der, og han fylder jo år i dag, bæstet!"

"Du lider dem nok ikke rigtig, Per."

"A gi'r dem deres skudsmål og karakter, og tho, lider og lider - a ved jo godt, at de er født til det hele og levet ind i det på den måde, men det er sgu da ikke stor fornøjelse for os, så'n som vi har det, og sidde og se på et optog af så'n no'en svend', når en ved med sig selv, te en er lige så god - vel?"

"Nej, sikken en vinterhat, hun har på der!" udbryder Sofie.

"Se, der kommer en anden slags folk!" siger Per.

Det er en gammel, blåmålet kane med snoet snabel fortil og med gule og røde udskæringer. Dens bjælder høres over alle de andre og har en sær, skøn klang.

"Han ser nok noget gammeldags ud, men han er en rigtig mand, en småmands ven..."

"Nej, der er to kridhvide!" råber et af børnene.

"Ja se, ham der, han er endda bedre. Det er Jørgensen, Fruensgaard. Han er temmelig flot udhalet, det kan nok se lidt spirantagtig ud, men han er sgu den bedste." -

Folkene nord og nordvest fra, slægtninge og kendte folk havde samlet sig i Fruensgaard, det var Jørgensens idé, for i sluttet trop at drage ind på Højbygaard på højbykongens årlige festdag.

De smukke, velplejede heste, de pelsklædte folk, de strålende køretøjer - hele optoget drog som en drøm forbi det fattige mosehus og lod kun bjældernes fine klang tilbage i luften. Så var der igen den sviende kulde og den tomme fattige stue. -

Efterhånden svandt solens glans på tingene, og dagen blånede hen i stålblank kulde.

Per Holt blev fremdeles siddende som støtte, stirrende ud.

"Vi skulle derhen, Sofi'!" sagde han. "Der sønder ud bag bakkerne."

"Å," svarede hun sløvt, "det er såmænd akkurat ligegyldig." Hun stoppede håret uordentligt ind under hovedklædet. "Det bliver aldrig anderledes."

Og da hun havde siddet lidt, sagde hun i en tone som et arrigt, forkælet barn: "Og a har sagt det så tit, a vil ikke flytte mere, a vil ikke herfra, a vil ikke!"

Per sad fremdeles stum og stirrede ud sønderpå.

Og da kom der, som dagen blånede, ind gennem den søndre horisont en enlig vandringsmand.

Han gik hurtigt.

Imens slog isen revner derude over kærene og engene, højt og lydeligt.

Og gennem det syngende isbrud kom han nærmere og nærmere.

Der var noget mærkeligt skridende ved hans gang, som om en tankestrøm drev ham frem.

Han standsede et stykke borte, stod så lidt, som om han mærkede på sig selv, hvorhen han blev draget.

Så drejede han ind til Pers.

Han var en høj, kraftig ung mand med et barnligt ansigt, en uskyldig mund og hvide tænder.

Han hilste, og efter et hurtigt rundblik i stuen gik han lige hen til billedet af socialistføreren.

"Hvorfor hænger han her?"

"Fordi det er en mand, a sætter pris på," svarede Per.

"Er du socialdemokrat?"

"Ja," svarede Per fast og så lidt kritisk hen til den fremmede.

"Ak ja, der er mange uskyldige mennesker til, - men du tror altså. - Men ser du, min ven, det er kun kapitalisme på en anden måde, nej, pengene må helt ud af verden...!"

Per mente, at manden vel ikke var helt "rigtig". Og dog så han så god og klog ud, syntes han.

"De lapper og de lapper, ak! - Kun gennem revolution kan vi frelses! Politik! Politik!" gentog han med et foragteligt eftertryk, "det er spørgsmålet, om den rigsdagsmand kan blive i mandatet, om det blad kan holdes oppe, om den magt kan vedblivende besiddes, om den modstander kan rigtig knuses til tak for sidst - men det er ikke ideen, det er ikke menneskenes, de levende, groende sjæles lykke, det drejer sig om."

Hvor hans stemme lød smukt, den var næsten som musik at høre, syntes Per.

"Min ven, du bor her i din hytte med dem, du elsker," fortsatte han med en mærkelig fin betoning. - Så slog han kraftig over: "Men jeg ser jo nok, hvordan du ellers har det! Din nabo sidder måske i sin trygge gård og sin sikre magt, han er kong Salomon, og du er måske ikke engang Jørgen Hattemager. - Hvorfor? Det er politik, det er endog demokratisk - politik - nej, min ven - kun revolution kan frelse os. -"

Per lyttede efterhånden betaget til den fremmedes tale, fordi den flød så klingende skønt fra hans rene læber.

Den fremmede løftede sin hånd, som om han råbte hurra, idet han hævede sin stemme: "Jeg har været med, hvor kuglerne har suset om ørene, og det røde blod har flydt. Hvorfor tror du, at der er så meget rødt i alle faner verden over? - Fordi sagen, man kæmper for, står så højt, at det røde blod gerne må rinde ud af ens hjerte..."

Per blev igen lidt betænkelig.

... "De gamle, forstenede tilstande kan kun opløses i revolutionens flammer, så verden kan ordne sig fra ny af, indefra efter hjertets love, så der kan opstå en ny jord, hvor retfærdighed og kærlighed bor - dette er det ny evangelium!..."

Per så op på den fremmede, hvorledes han løftede sit hoved, som han talte til tusinder, og hvorledes lyset fra hans indre lagde sig over hans træk.

Per syntes, han aldrig havde set så smuk en mand.

... "Nu siger jeg ikke mere, jeg har ikke tid, jeg må skynde mig, jeg har langt frem. Men jeg kan se på dit ansigt, min ven, hvor dit hjerte er. Jeg gik ikke fejl. Dit sind er stemt rigtigt... Nu går jeg så til de andre, der venter. Og så en dag kommer jeg tilbage - min ven!" Han trykkede Pers hånd og var borte.

Han vandrede nordøst over mosen lige så mærkelig, som han var kommet; han skred hen over tuerne så underlig let, som om han blev båret.

Det var en sælsom gæst.

15

Per Holt havde brudt sit hoved, så det værkede, for at finde en udvej.

Han sov så let om natten, om det overhovedet kunne kaldes søvn.

Han frøs også i sengeklæderne, så tyndslidte de efterhånden var blevet.

Men det var ellers de nagende tanker, der aldrig undte ham hvile.

Han sov på øm hud.

Og om dagen var han næsten mere hvileløs.

Hvor skulle han skaffe brødet fra?

Der var nemlig intet arbejde for ham.

Ved licitation over stenslagning til kommunens veje havde Arbejderforbundet, som han havde stiftet, holdt godt sammen i første omgang. Men licitationen var blevet opsat, og højbygaardmanden, der var sognerådsformand, havde fået Tue-Per og et par andre mænd til at tage arbejdet underhånden. Højbykongen havde sprængt forbundet og manøvreret Per udenfor.

Nu var altså den stolte tanke gjort umulig her i sognet.

Hvorfor skulle han altid ydmyges, når han dog havde retten på sin side, tænkte Per. Hvorfor skulle en mand som ham på Højbygaard, hvorfor skulle han have lov at træde Per ned med sine brede hæle?

Hvorfor?

... Nå - men...

Bageren havde sagt stop i går, og købmanden blev vist ikke ved ret længe. Per kunne nemlig ikke tjene så meget ved de fri akkorder i mosen om sommeren, at han kunne stå hele vinteren igennem.

Og nu havde højbykongen lukket sognet for ham, lod det til.

Per ville dog alligevel prøve engang endnu, om der ikke skulle være et eneste sted, han kunne få fat.

Han ville tage alle gårde og arbejdspladser fra den ene ende til den anden, gå det hele igennem rent systematisk; Per rettede lidt på pjalterne og begyndte sin gang om arbejde.

I den første gård så de vist på ham, som om de havde hørt ham omtale - ikke for noget godt.

Der var intet arbejde.

I den anden spurgte bonden, om daglønnen skulle være efter fagforbundets tariffer. Og så grinede han.

Der var heller intet arbejde.

I den tredje sagde bonden straks: "Nå, det er dig, der fører ny lærdomme til byen og forstyrrer det gode forhold... vil du komme ud af min gård, - rask!" Han pegede på porten med rystende hånd.

I den fjerde sagde bonden kort og godt: "Du kan jo undvære bonden, men bonden kan også undvære dig!"

Per gik tålmodig fra gård til gård. Han var egentlig rolig i sindet, som om han bare konstaterede noget.

Så tænkte han, at hvis han nu var skikkelig efter disse menneskers hoved, eller hvis han havde penge, ja så ville alle møde ham med smil og venlige ord, selv om han var akkurat den samme Per, ja selv en meget ringere, de ville byde ham indenfor, byde ham det behageligste sæde og dække deres bord med den bedste mad og drikke. Og de ville yderligere spørge, hvormed de ellers kunne tjene ham.

Men nu ligger gårdene der så kolde, de lukker sig, som om de knapper frakken og vender ryggen til ham.

Han er en ensom mand, en fremmed, en foragtet mellem sine bysbørn.

Forladt, forladt...

Hans medfølelse med sig selv gled ud i den vage fornemmelse, som syge mennesker har, når de overgiver sig.

Ikke alene var gårdene afspærret for ham, men menneskene havde vendt deres sind imod ham.

Jo, højbykongen havde rigtignok lukket sognet for ham. Den mand gjorde tingene til gavns.

Men Per blev ved med sin gang, fattigmands gang, gennem hele byen.

Og det var næsten, som han fandt behag i det, som nød han en slags martyrium.

Han standsede ved slagterens butik. Bag den store rude hang en kvart okse, en kalv og et halvt svin.

Han kunne ikke løsrive sig fra at se på alt det dejlige, friske kød. Han tænkte sig det på panden derhjemme, han kunne høre det brase. Og han lukkede øjnene. Hvor tænderne ville kunne skære gennem dette, lifligt.

Det hang der i jernkrogene fra venstre til højre, først det lyse svinekød, så det knapt så lyse af kalven, og til sidst det mørkerøde oksekød med talgklumperne.

Rent uvilkårligt åbnede han døren, og et øjeblik efter fandt han sig ansigt til ansigt med Niels Rask, Højbygaard.

Niels Rask var klædt i et solidt, fint, blåt dyffels sæt, som han altid gik med, når han ikke var i sit arbejdstøj. Og hans basartræsko var blankede i sværte. Per Holts fodtøj var derimod revnet og skraldede, når han trådte på stengulvet; over den snavsede bluse, der var trævlet og uden knapper ved hænderne, havde han slænget en falmet og lappet trøje.

De studsede begge to, da de pludselig stod over for hinanden.

De målte hinanden en kort stund.

Derpå vendte Niels Rask sig om mod disken, idet et hånligt træk svagt krusede hans mundvige.

Men Pers næsebor vibrerede, og et sylespidst blik fra hans mørke øjne gennemborede højbykongens nakke.

Manden fra Højbygaard knappede sin vest op og fremtog sin seddelbog.

"Ja, det var jo lårtungen," sagde slagteren ærbødigt og nævnte prisen, idet han pakkede over et halvt lispund bøfkød ind.

"Har du så noget hundeæde til mig" næsten hvinede Per ud, og han vred sine kæber, så hans underbid blev rigtig tydeligt.

Slagteren var klar over stillingen og skottede til dem begge.

Niels Rask stod et øjeblik, som om han overvejede, hvorvidt han skulle sige noget eller ikke.

"Nå, du er ikke løben træt endnu!" bemærkede han så.

"Nej, det ville du gerne! Du har en pæn tankegang, Niels Rask! Du er rigtig af de gode Guds børn, ha, ha!"

"En er nødt til at kvæle ukrudtet, inden det får magt, og nu tænker a ikke, du skal gøre flere ulykker."

Per trådte tæt hen til Niels Rask og råbte op i hans ansigt: "Din hellige skurk!"

Slagteren trippede. "Hør - æ - Per Holt - æ - du må ikke så gerne fornærme kunderne, undskyld, - men -."

Niels Rask havde taget sin pakke. Slagteren trak undskyldende på skuldrene og bukkede. Henvendt til Per spurgte han så: "Hvad var det for resten, du ønskede?"

"Hundeæde til min kone og mine børn, for der går den Guds mand fra Højbygaard med bøffen, ha, ha!"

"Du bliver nok tolle!" sagde Niels Rask med dirrende røst henne fra døren. Da så han ikke god ud, og han var ligbleg.

Per fik noget affald, en lunge og et koyver; han havde kun fem og tredive øre.

"Hvorfor er du så'n en kryster, slagter, over for ham, der gik?"

Slagteren trak skuldrene i vejret: "Forretning, kære!... Den skal du ha' med, Per!" Slagteren lagde en lille okseskank til oven i købet. "Du har familie hjemme."

Det lille træk rørte Per et øjeblik.

Men da han gik ned ad gaden, var det ellers med heftige skridt, og enhver knold og småsten, der kom for hans fod, sparkede han væk.

"Nej - aldrig!" sagde Per halvhøjt til sig selv og pressede læberne sammen.

Når nu Sofie kom over den forestående begivenhed, ville han søge hen til skovene, der var da vinterarbejde, og lidt blev der vel tilovers, selv om han skulle give det meste i kost og logi.

For - bøje sig for kongen - nej, han havde fornemmelsen af, at så forliste han, forliste sig selv; at overgive sig her, det var at opgive sig.

Hjælpekassen og alt sådant stod "han" jo for, og det var ham over det hele.

Og ty til fattigvæsenet, melde sig med hele familien, he, he; det ville gyse i højbygaardmanden, men der var alligevel ingen rigtig hævn i det. Per syntes, at han selv tabte også på den måde...

Efterhånden blev Per mat af at tænke. Han kunne ikke mere. Han sad ved bordet derhjemme i hytten, han spekulerede næppe mere, sank bare sløvt hen, som et fanget dyr, der ved, det kan ikke hjælpe at ruske i stængerne.

Så lød der hujen udenfor.

"Det er Jerik," sagde Sofie. "Han er svirende, og han kommer herind."

Uden anden indledning sagde Jerik: "Ja, nu er det hele altså forbi. A sa' det nok. Vi kan ikke. Det er bønderne, vi skal leve af. Fra i dag skal a gå på Højbygaard hver dag om vinteren. A ved godt, a er en slave og en slyngel, Per, men a ville sige dig det selv. - Nu ved a, hvor a kan hente min føde ... Nej, a vil slet ikke snakke med dig, Per, ikke et ord, dælen danseme ... ikke i dag i al fald, men a vil sige det, Per... Og a går med det samme -. Og så fanden med det hele!"

Han var væk.

Man hørte:

> "- Hugge med sablen,
> så hun piber -."

"Ja, a tænkt det såmænd nok, dengang du lavede det," sagde Sofie, "at det gik akkurat som dengang på Gyldholm."

Men Per svarede ikke med et ord, ikke engang med en mine. Han blev siddende dybt hensunket i samme stilling.

16

Jordemoderen, som Per Holt henvendte sig til en vinter-morgen, var nærmest ubehagelig. Hun ventede nemlig hver time besked fra de fine bønder på Fruensgaard, og så kom denne fattig-Per og forstyrrede måske det hele.

Desuden - der var på sine steder store driver, og sneen faldt stadig tykt og tæt, næsten lagvis. Og Per havde intet køretøj med. Jordemoderen var før gået ned til Mosehuset, og Per sagde, at han vidste en vej over markerne uden om sneen, men hun holdt kraftig på, at hvis hun skulle tage med, måtte han skaffe en slæde.

Der var ikke en eneste kørende mand i byen, som Per kunne bede om en tjeneste. Men han kendte loven og ile-de straks til sognerådsformanden, Niels Rask, Højby-gaard; han skulle jo skaffe befordring.

Per Holt bankede på ruden, og højbymanden kom i sine underbukser ud i døren med en lygte, som han holdt højt i hånden.

Per bad ham i en hvas tone om at bude en mand straks. Han nævnte i en hast, hvor galt det var fat, og hvor stærkt det hastede.

Men Niels Rask svarede: "Der skal ingen budes i så'n affære, det gælder liv og død og Vorherres sag! - Læg drættet på de to brune, a skal straks være der."

Et øjeblik stod Per aldeles forundret ved at mærke den varme, der lå over ordene. Det var højbykongens hjerte, der talte. Det var en mærkelig mand, ham; at han ville have de to brune for! De var hans kæledægger fremfor alt andet levende i hans gård; han var mere øm over dem end over sig selv.

Det tænkte Per på, mens han lagde selen på, og han klappede de brunes blanke sider.

Aldrig er vel Højby jordemoder blevet befordret med større fart eller er kommet lettere gennem alle forhindringer.

Der blev ikke talt noget, ikke et eneste ord blev skiftet mellem mændene. Men over for driver, hvor der skulle kastes, og andre vanskelige steder på vejen, tænkte de ens og handlede øjeblikkeligt i overensstemmelse med denne tanke som to kloge og raske mænd.

Da højbykongen med pisken over de brunes nakker satte ned gennem hulvejen, så den dybe sne føg dem op om ørene, da tænkte Per: "Sådan kører han med de to brune - for min skyld!"

Heller ikke, da de kom til Mosehuset, sagde nogen af dem det mindste, hverken "tak" eller "farvel" eller "godmorgen". Intet.

Ved den syge brændte kun en petroleumslampe uden glas, så der var kun et svagt lys.

Jordemoderen gik irriteret nogle gange frem og tilbage over gulvet. Skuffelsen over mulig at gå glip af de rige og ansete Fruensgaards sad endnu i hendes ansigt.

Hun så sig om med streng og kritisk mine. Men da hun i halvlyset opdagede, hvor tomt og fattigt her var, gik noget af det strenge af hendes ansigt.

At dømme efter hendes udtryk var her endog uslere, end hun havde tænkt sig. Men varmt vand var der da over ovnen. Per var jo ikke ukendt med sådan en affære.

Han fik alle børnene ind i den forreste stue.

Der var ikke rigtig sengetøj i de kasser, børnene havde ligget i, mest gamle klæder og pjalter af ubestemmelige ting.

Da sukkede jordemoderen og så sig atter om, men denne gang var det søgende, som om hun trængte til noget andet at fæste sit blik ved.

Der var ingen lagener på sengen. Og der var ikke meget fyld i de luvslidte, skjoldede, sammenklattede vår, Sofie lå i. Hun var trukket i et bomuldsliv; det var vel det bedste, hun havde.

Per går ud til børnene. - Jordemoderen pakker op af sin taske.

Sofie har haft et par småture.

Nu rækker hun bagud og tager fat i hovedgærdet, idet hun stønner ud nogle jamrende stødlyde.

Jordemoderen går hen til sengen: "Vær nu flink, lille kone, og ta' hænderne ned, så er det forbi."

Jordemoderen stikker hånden ind under Sofies lænd for at støtte hende og mærker da, at hun ligger på de bare sække, der hviler umiddelbart på sengehalmen.

"Men du gode Gud!" undslipper det uvilkårligt jordemoderen. Hun siger det hen for sig selv. Sofie hører det ikke engang.

Da har jordemoderen det medfølende udtryk, der er naturligt for hende.

Det er knapt nok, der er liv i barnet; det er helt blåt. Moderen ligger med lukkede øjne, som om hun var død.

Jordemoderen beder Per om et vandfad.

Han kommer med en spand; den plejede de at bruge, og de havde ikke andet.

"Har I heller ingen sæbe?"

Han bringer hende en klat grøn sæbe på et skår.

Kun de allernødvendigste ord skiftes. Ingen af dem er i stemning til andet.

"Så var det svøbet?"

Per bukker sig og haler en kasse frem, der står under sengen. Der ligger det omhyggelig indsvøbt i avispapir.

Det er et gammelt svøb, der er bødet på midten med en stump af en gammel skjorte. Men det hele er rent, og Sofie har også kastet over kanten med rødt uldgarn for at pynte lidt på det.

Per er helt glad for, at den ting er i orden, så nogenlunde.

I kassen findes også en lille skjorte, sammenstykket af gammelt, men hvid og pæn.

"Ok, Herregud!" siger jordemoderen stille hen for sig selv og smiler.

Morgenlyset siver ind over jordemoderen, der sidder og drikker kaffe, mens hun iagttager moderen og barnet, om de vil leve eller dø.

Ved dagens lys ser her næsten endnu fattigere ud end før, synes hun.

Per får også en tår kaffe, som han drikker i fuldkommen tavshed.

Alting er så stille. Man skulle ikke tro, her var børn i huset. Og heller ikke, at et nyt liv i dette øjeblik var kommet til verden. Her er ingen fest, ingen glæde.

Inden hun går, ser jordemoderen sig om i køkken og spisekammer. Hun finder kun en kvart blære fedt og et stykke rugbrød - og så en spand vand naturligvis. Geden er for længst død og borte.

"Dette er for galt, mand!" siger jordemoderen.

"Det tykkes a også," svarer Per.

Idet han hjælper hende af sted med hendes kasse, siger han, at hendes penge skal hun have hos sognerådsformanden. -

Straks efter kommer Tue-Pers kone; hun gør jævnlig et lille rend derover i denne tid. Og da hun hører, det er overstået, skynder hun sig hjem for at lave sødsuppe til Sofie.

På vejen udenfor kommer Mads Høj trækkende med sin tohjulede fiskevogn.

"Hvad koster fisken i dag, Mads?" spørger hun.

"Det var bedre, du betalte mig, hvad du skylder," svarer Mads; han er tvær i dag.

"Ja, da kommer a skam til og ha' en bette fisk i dag." Hun går nærmere og siger lavt: "Hans kone derinde har fået en bette i nat, og de har ingen ting!"

"I snyder mig, a får ingen penge af jer. Han skylder mig også. - Hvordan har hun det så, konen?" spørger Mads mildere.

"Skidt!"

"Hvorfor får I også alle de børn?" vrisser Mads, han er en gammel pebersvend.

"Ja se, det kan du jo nu ett forstå, Mads," svarer konen i en gemytlig tone, "men du er ligegodt en skøn gammel Mads."

"Gammel?"

"Nej, tho, det er da også sand', - og hvitter er'et så, du skal ha' Bojl, he?"

"Å, du sludrer... men du får vel så ha' en bette fisk til konen." Han giver hende en god lille rødspætte.

"Du skal få pengene til foråret, Mads!"

"Ja, til foråret, til foråret!" vrænger Mads. "Her i mose-husene si'er I altid: Du skal få pengene til foråret."

"Jamen, a skal love dig'et, Mads, og det skal også sæde!" Mads griner mistroisk.

"Jo, også fanden ta'me, om a skal sælge mine høns, for du er alligevel flink mangen gang, Mads!"

Mads svarede ikke; han trillede videre, mens han små-nynnede på en gammel kærestevise.

Det var kun lidt, Sofie kunne få i sig af føde; så godt som intet; hun drak derimod en stor kop kaffe. Men det var så rosomt, at Tue-Pers kone så over til dem.

17

Der holdt en slæde uden for Per Holts dør.

Det var bolsmandens røde heste. Bagi sad bolskonen og selve Niels Rasks kone fra Højbygaard, begge iført tunge pelskåber.

Bolskonen var nabo til jordemoderen, var en af de første i menigheden, fordi hun havde en udmærket sangstemme, og var kendt for at kunne forme en bøn så lang, det skulle være, lige så godt som nogen præst. Hun var nærsynet og bar briller; hun førte sig værdig og præstelig, og hendes stemme havde ganske det samme kælne tonefald som den elskede kolportør Madsen-Klinkerups.

Hun snakkede også meget.

Per Holt viste sig i døren og så på de to madammer med et spørgende udtryk.

"I har det nok ikke så godt, Per," sagde højbykonen. "Derfor har vi ta'et noget med til jer. Du kan hjælpe os det af."

Per blev hel bevæget. Sådan noget havde han ikke ventet.

"Der kan man se," tænkte han.

Han gik i denne tid i en søvnløs bekymring og med et hjerte, der var ømt af angst for livet; derfor var han nemt rørt. Han var lige ved tårer, men for alle ting ville han dog ikke, dette skulle mærkes.

Der var en sæk med sengeklæder, og der var fødevarer.

Så snart bolskonen var inde i gangen, begyndte hun at snuse og glo nysgerrigt. Hun tog sig derfor ikke i vare for det dybtslidte hul i lergulvet lige inden for dørtræet, så hun var lige ved at snuble ind i stuen.

Børnene grinede lidt.

Det så også komisk ud.

Hun forstod det selv og blev rød af vrede; hendes værdige indtræden var ødelagt.

"Du kunne vel ellers nok få tid til at rette på sådan noget," sagde hun til Per.

Det var meget bebrejdende.

Hun så sig begærligt om efter mere. Og da hun opdagede, for nærsynede folk ser jo alt, at en loftsfjæl var knækket, og at der i det hele var stærkt forfald i stuen, tilføjede hun: "A tror for resten, du kunne ha' nok og røre dig til herhjemme, bette mand!" Hun slog nakken tilbage og så kritisk på ham.

Per svarede intet. Men hvem der kendte ham, lagde mærke til, hvorledes hans næsebor bevægede sig, og hvorledes samtidig hans issehud skred frem og tilbage, og de vidste, hvad det betød.

"Nå," sagde hun nådig, "pak sækken op."

Det var en gammel, tyndlidt dyne, ikke stort bedre end Pers egne.

"Ja se, her er altså sengeklæder," sagde hun, "fra os."

Højbykonen havde et par lange puder i en pakke.

Desuden medbragte hver af dem et sigtebrød, en kop smør og en flaske saft.

Det var for resten det hele.

De gik ind til Sofie. Men hun lå tavs og stille hen og kunne ikke tale med dem.

De så begge nøje efter, hvordan Sofie lå i det, og bolskonen gloede hensynsløst rundt. Hun gik ud i køkkenet uden videre, som om hun var på inspektion.

"Din stilling er skidt, Per," sagde imens højbykonen. "Snak med Niels Rask, a si'er dig det for det bedste. Hvis du snakker med ham på den rigtige måde, så hjælper han dig over det, det er a vis på."

"A skal ikke snakke med nogen på anden måde end min egen," svarede Per fast.

Højbykonen rystede på hovedet. "Du er altid studs, Per. A forstår ikke, hvordan en fattig menneske som dig er bleven så stiv."

Per smiler.

"Jamen det er synd, Per, for din familie - og også for Gud, thi han står den hoffærdige imod, men den ydmyge giver han nåde, husk det, Per, det er Guds rene ord."

"Hvad gør han så ved manden på Højbygaard?" Pers tone var så spydig som muligt.

Hun blev ivrig: "Niels Rask, Højbygaard, han er en god mand, når folk vil rette dem efter ham, det vil a sige dig."

Hun rystede ligefrem sit hoved, da hun omtalte sin mand.

Hun gik ud til bolskonen.

Sofie vinkede Per til sig. "Hvor længe skal de to kællinger gå her og snuse og snage," hviskede hun.

I det samme kom de begge to tilbage.

Bolskonen begyndte at synge en salme. Hendes stemme var smuk, men man kunne høre, hvorledes hun hele tiden nød den med stor selvglæde.

Per blev mere og mere mørk.

Sofie pintes, hun længtes efter at blive dem kvit.

"Skal vi så holde bøn?" sagde bolskonen, idet hun med to fingre rettede på brillerne ligesom den meget elskede kolportør Madsen-Klinkerup.

"Kære Herre! Vi sender en bøn op til dig her fra dette lave hus, at du nådig vil se til disse stakkels, elendige mennesker. Lær dem nu, kære Herre, at benytte disse gaver, som vi i dag haver bragt dem, at de må vorde dem til gavn! Men Herre, se frem for alt i nåde til disse stakkels menneskers sjæle..."

Hun kom ikke længere. Hun blev stoppet, ligesom hun var allerbedst i gang.

Per trak nemlig sine bryn uhyggeligt sammen og sagde disse fire ord: "Tak, det er nok!"

"Hvad er det, du si'er, menneske?"

"Du skal tie stille! Og det skal være straks!" Pers tone var ikke til at tage fejl af.

Bolskonen rettede på brillerne; hun så fra den ene til den anden, oven over brillerne og neden under brillerne. Hun var ganske forvirret.

"Du knækker engang din hals, Per Holt," sagde højbykonen og knappede sin kåbe.

"Skal vi gå? Jager han os ud?" - Bolskonen satte øjnene i Per. "Er det meningen, vi skal gå, menneske!"

"Tak, ja!"

Hun løftede sine bebrillede øjne opefter, mens hovedet sank hældende til siden, idet hun sukkede dybt.

Snart efter var slæden forsvundet.

Og der faldt efter en anstrengende nat og dag endelig hvile over Mosehusets beboere.

18

Per Holt gik hele tiden; selv i den lille stue rokkede han omkring. Han kunne ikke være i ro.

Det var kommet i den sidste tid. Han kunne ikke sidde, ikke ligge ret længe ad gangen. Stadig og hvileløs gik han, som om nagende og bekymrede tanker uafbrudt gnavede hans sind. Han rokkede og vankede, frem og tilbage og rundt. Og han skottede nu og da til siden med en fanges blik.

Der var vinter ude, og der var sne på vejene.

Støvler havde han ingen af, men han trak et par gamle hoser over dem, han havde på, og som var hullede. De tynde lærredsbukser stoppede han ned i hosekraverne. Så gik han ud.

Han vadede op ad stien, op over Højbybakkerne, drejede ind i byen og hen til købmanden.

Han blev stående længe ved disken. Han troede, de sidste skulle gå, men så kom der ny, og han kunne ikke blive ene med kommisen.

Der blev skænket for en og anden af gæsterne; kommisen bød også Per en dram. Og han tog den.

Endelig ringede dørklokken for den sidste, og Per skyndte sig at forrette sit ærinde.

Men desværre! Kommisen trak på skuldrene. Det kunne ikke lade sig gøre. Købmanden havde aldeles bestemt pålagt ham ikke at borge Per mere, før der var betalt et afdrag.

Kommisen sagde det for øvrigt næsten rørende hensynsfuldt.

Dørklokken ringede atter.

Per gik.

Han stod stille lidt og så sig om, som han ikke vidste, hvor han skulle gå hen.

Han drev ad vejen sønder ned mellem gårdene.

Så ene. Ingen brød sig om, enten han levede eller døde. Han følte det, som om han vandrede i et fremmed land, en by, han aldrig før havde været i - og dog kendte han hver port og hver mur, hvert træ, hver busk og hver sten ved vejen, selv nu, det lå tilsneet.

Et stykke nede lå "Betania", bedehuset, med sin høje kors-prydede gavl lige ud mod vejen.

Folk strømmede til. Der var møde. Kolportør Madsen-Klinkerup skred frem sammen med bolskonen, der smilede, som om hun allerede var salig. Bolsmanden, en lille tør mand, pjokkede af i følge med dem.

Sidst kom Niels Rask, Højbygaard, som et punktum.

Og så begyndte det.

Det var underligt - men Per kunne trods alt ikke lade være med at synes om højbykongen.

Han var vist alligevel den bedste af dem.

Der kom nogle efternølere, og hvorfor ikke - Per smilede - hvorfor ikke lige så godt derind som et andet sted hen.

Per holdt sig i nærheden af døren, men der blev alligevel lagt meget mærke til hans nærværelse; alene hans usle fattigmandsdragt udskilte ham i denne forsamling af meget velklædte mænd og kvinder.

Per lyttede til sangen og prædikenen. Men det var gudelige talemåder, som han havde hørt så tit; det samme ud og ind og lige hen i det uendelige.

Men her var lunt og godt.

Efterhånden lød talen som en fjern, døsende mumlen; han havde ikke fået særlig meget at spise den dag og desuden et par drammer, så han sank hen i en døs. Hans trætte tanker faldt i hvile.

Men senere var der noget, han vågnede ved.

... "Der er en i denne forsamling..." Det var en røst, der kom nærmere... "er en i denne forsamling..."

"Det er mig," tænkte Per, og straks var han lysvågen.

Det var bolskonen, der bad; hun stod foran talerstolen med brede hænder foldede over maven.

"Kære Herre! Jeg si'er atter, hvis der er en i denne forsamling, der angrer sin synd, så vil Herren ikke skyde ham ud - ingenlunde! - Jeg haver været til stede i et ringe hjem, ok, så ringe et hjem, også i dette sogn..."

"Det er dog for galt," tænkte Per.

Folk begyndte hemmeligt at skæve til Per; han var som en markfugl, der havde forvildet sig ind mellem hønsene.

... Atter igen: "Jeg haver båret bønnens ord til de stakkels mennesker, og jeg er bleven forskudt, for Herrens skyld. - Tak og lov! - Men derfor vil Herren ikke forskyde den stakkels mand ud. Ingenlunde!"

Per flyttede sig mere og mere i sædet. Hans næsefløje vibrerede, issehuden gik frem og tilbage, de sorte bryn trak sig sammen. Der var uro i hans indre.

De blikke, der sendtes ham fra forskellige sider, var ikke
fulde af kristen-godhed; det var nogle underlige øjne, der
drillede og opirrede ham.

Han så hen over disse velklædte mænd og kvinder, som
alle havde nok hver for sig, og så tænkte han på sine der-
hjemme.

Han blev rasende.

Og bolskonen blev ved.

Da rejste Per sig for at sætte sig op mod dette her, og han
råbte i vild heftighed op mod talerinden: "Hold mund,
hykler! Hykler! For satan i hede helvede!"

Bolskonen forstummede. Det var jo forfærdeligt.

Alle vendte sig.

Der gik et dybt suk gennem forsamlingen.

Men Per løftede sit blik og råbte i et vildt udbrud: "Gud i
himlen, hvis du er til, så giv disse hyklere, der her er for-
samlede, en ordentlig tankegang og et menneskeligt sind!"

Per havde ingen anelse om ordene. De blev fødte i øje-
blikket, uden han vidste det.

Men nu de var sagt, stod de som prentet for ham, hvor-
dan sådan noget kan gå til.

"Nummer 497!" sagde Madsen-Klinkerup.

Og salmens toner steg frem af forsamlingen med kraft og
varme, den gamle, skønne, herlige melodi, som troende
slægter har sunget i hundreder af år.

> Den faste klippe flytter
> ej bølgen med sit tråd,
> kun lidet det mig nytter
> at stampe hårdt mod bråd;
> jeg sårer dybt min hæl
> og må dog smerten bære,
> men Frelser, du skal være
> en styrke for min sjæl!

Sangen voksede, den virkede efterhånden mægtigt.

Per følte sig lille. De havde vel måske ret alligevel.

For resten, hvad vægt lå der egentlig på ham, Per, og nogle andre, om de levede eller døde.

Nej, glemme, glemme...

Per styrtede ud.

"Hvem var den person?" spurgte Madsen-Klinkerup og rettede på brillerne: "Han var vel beruset?"

"Det er en sølle, fattig tingest, der bor nede i mosen," bemærkede hans sidemand.

Og bolsmanden, der stod hos, tilføjede vigtig: "Han er nærmest, hvad vi kalder en subbi-jekt!"

"N-å, ja -," Madsen-Klinkerup sukkede.

"Nej," svarede Niels Rask, Højbygaard, fast. "Han er ingen subjekt!"

Per stod udenfor, følte sig bare endnu mere forladt end før.

Han havde taget en forbandelse til på sig, syntes han.

"Ja, glemme, glemme... alt!" sukkede han træt.

Doktoren fra nabosognet kom kørende forbi i sin slæde. "Hør," sagde han til Per, "har De ikke tid til at holde ved hesten et øjeblik - jeg skal ind på marken."

Per tog ganske mekanisk tømmen.

Per fik en drikkeskilling.

Han gik hen ad vejen, planløst...

Noget efter stod han ved købmandens disk og forlangte en flaske brændevin.

Han talte ellers ikke et ord, så ikke til siden, men skyndte sig ud.

Bag ved præstens lade tog han den første varmende ildslurk. Den dulmede så godt. Og han tog en til.

Han gik ned gennem byen på vejen hjem.

Han syntes egentlig, det var en ganske venlig by: Gårdene lå så hyggelige mellem hverandre. Han befandt sig hel godt, udmærket.

Et stykke nede så han bagerens gyldne kringle. Kunne det gøre noget, om han gik ind og fik et brød på højbygaardmandens regning... å fa'n!

Ja, for han måtte have noget med hjem.

Han så gennem ruden, at der var en ung pige i butikken. Hå, hå!

Han forlangte rask to rugbrød, et sigtebrød og en pakke hvedebrød.

Pigen så ganske vist på ham et øjeblik. Men Per bad hende i en bøs tone om at rubbe sig lidt; der var fremmede hjemme, og han havde ikke tid at stå her.

"Det er til Per Holt i mosen, jeg har regning her." Per skyndte sig ud ad døren.

"Den gik storartet," sagde han til sig selv. Han lo over kuppet. "Så'n er det at være fræk. Det er måden. Men man er dum."

19

Per Holt tumlede videre nætter og dage i samme stilling. Når rusen var ved at dunste bort, hældte han på igen.

Når han nærmede sig det ædru punkt, forandrede hans udtryk sig påfaldende; hans blik flakkede forpint omkring. Så drak han mere, og hans ansigt faldt atter i de milde, forsonlige træk, som om han ingen sorger havde mere.

Han sov næsten ikke; også det meste af natten var han i uro; han gik og nuslede, stoppede sengetøjet ind om børnene, satte sig lidt og døsede, drak en tår af flasken og flyttede sig igen.

Således ravede Per Holt nu rundt i det forfaldne mose-hus, mens vinden peb i sprækkerne og vinterkulden pinte sig ind ad alle de utætte steder. -

Der lå en høkerforretning, hvor der også blev drevet smugkro, afsides norden om Højby Sø. Der havde Per fået forbindelse og lidt kredit.

En dag henimod aften kom han derfra med en brænde-vinsflaske i lommen.

Nordøsten kom strygende hen over sø-isen, som den fejede bar på somme steder; den hvirvlede de fine snekorn fygende op og førte dem ind over vejen, der gik langs med søbredden, hvor Per kom.

Han gik ikke rask og ikke spændstig. De dage var forbi for Per Holt. Han arbejdede sig med besvær gennem vej-ret, også vel, fordi han havde drukket.

Men han følte sig ganske vel. Ophedet som han var, svalede nordøsten behagelig af til at begynde med, og snefoget virkede på tindingerne som et bad.

Desuden var der noget morsomt kildende ved den fus-lende fygen om øre og kind. Og noget herligt bedøvende ved vejrets stødvise susen om hans hoved.

Der var dog i længden noget trættende ved at sætte gen-nem driverne, der hist og her, hvor der var læ, lå tværs over vejen. Og derimellem døjede han mange steder med at stå fast på vejens bundfrosne fladpytter.

Så man kunne nok trænge til en hjertestyrkning.

Men nu ville han vente, til han var kommet på den anden side af Nørholmene, en klump gårde, der lå lige for ham.

Det var nemlig som en hel krydsild at gå igennem, når alle gårdhundene kom farende ud og anfaldt ham; han var kommet stærkt på kant med dem...

Men nu kunne de prøve at komme; han skulle den onde mane og fortære sig kvase hjernen på dem...

Han knyttede hånden fast om sin tykke kæp... disse tyk-ke, forædte, dumme hunde!

Det begyndte også straks i den første gård og blev ved til den sidste med et frygteligt spektakel.

Det var, som Per trådte rene helvedeshyl op af jordens dyb, for så snart han var gennem byen, døde det alt sammen hen igen.

Han lænede sig mod en telefonpæl og drak en ordentlig slurk af flasken. Og så gik han videre, mens snehvirvlerne dansede ind over markerne og kildende føg om hans ører. Ganske behageligt.

Da han kom til enden af Højby Sø og drejede om, fik han vejret mere imod.

Han stod stille og pustede ud. Det måtte han ofte i den senere tid; han døjede ligefrem somme tider med at få vejret - egentlig lige siden det lange sygeleje, da han fik den grønne medicin. Og Gud ved, hvad det var, hans ankler blev så tykke af - frost og kuld og fattigmandsliv vel sagtens...

Der tændtes lys hist og her i gårdene.

Der havde de det lunt inde. Og hjemme i Mosehuset... fattigmandsliv!

"Ja fattigmandsliv!" råbte han ud af sit bitre sind.

Han satte flasken for munden. "A drikker, ja, den onde edeme drikker a, værsgo!" - Han skrævede udfordrende ud og tog en slurk til.

Så daskede han af sted.

Nå hvad fanden, hvad var egentlig det hele. - Når han nu meldte sig til fattigvæsenet, så fik han og Sofie da i al fald føden og klæderne, og han selv kunne så gå og daske og pulre og hente lidt, og han kunne ligesom nu gå sådan og, he, he!...ligeså stille, ganske alene, det var så dejligt. Å, så dulmende skønt i grunden. Og snefoget svøbte sig blødt og som en lun kåbe om ham.

Da han kom nærmere hjem, standsede han og pustede atter. Lad os nu se, han havde altså et rugbrød... Han følte i lommen, der var en flaske i hver side. - Nå men altså...

jo, her var også et kræmmerhus godt. Sofie var blevet slikvorn på hendes gamle dage...

Han så, at der var lys hjemme; det var mærkeligt sådan først på aftenen.

Da han kom endnu nærmere, så han, at der var folk. Og da han kiggede ind ad vinduet, sad hans tre ældste sønner derinde.

Der var kaffe og en flaske på bordet. Nå, ja, hvorfor ikke, det var sgu koldt.

Sønnerne, der denne vinter var malkerøgtere og tjente store penge, havde i forening sluttet en stor akkord med et teglværk der i nærheden om gravning af tørv i Højby Mose nu til sommer. De mente så, de kunne bo hjemme. Per kunne hjælpe dem og styre ved; han var en gammel mester. Det skulle rigtig gå, der var mange penge at tjene, det var en glimrende akkord...

"Og I er raske karle!" sagde Per opmuntret.

De skænkede af kaffekanden, der stod på ovnen, og hældte brændevin i kopperne"

"Skål!"

"Er mor i seng ?" spurgte Per.

De rystede alle tre på hovedet.

"Hun er svag, mor," sagde Jens, "det er bedst, Maren kommer hjem at være. Vi tjener jo penge nok."

Per grinte.

Jens lagde en tikroneseddel på bordet, Mads tog en frem og lagde den ved siden af, men Unge Per, der ikke var så gammel endnu, nøjedes med en femmer.

"Vi tror ikke, det er så godt for jer i de her dage," tilføjede Jens så venlig og god.

Da kastede Per sit hoved ned på sine arme.

Det var ungdommen, oprejsningen, fremtiden, der sad her i hans stue, hans egne sønner.

"Nå, far," sagde den ene, "nu vil vi være glade."

"Ja, sammen med hinanden," føjede den anden til.

"Skål!"

"Lad os få en til!"

Sønnerne kunne ikke lide, at faderen sank med hovedet.

De opmuntrede ham, og han rejste sig med den gamle kraft.

De fik ham også til at synge de gamle, gemytlige viser fra hans ungkarletid.

Men det blev til en svireaften alligevel. De drak meget. Og de gjorde til sidst meget støj.

Da de larmede allermest, gik døren op til den inderste stue, og der i karmen stod pludselig Sofie - så bleg, så kummerfuld, så medtaget af livet.

Der blev aldeles stille i stuen, og det som ved et trolddomsslag.

Sofie blev stående ubevægelig i dørkarmen og bare så på Per og hans tre sønner.

Ganske åndeagtigt.

Men hun var intet spøgelse, for der randt en tåre ad hendes kind, så hun måtte have et varmt, levende hjerte.

Alle forblev stumme, og hun skred tilbage igen.

Men Per tog sig til hovedet og udstødte et suk, et støn, en jamrende lyd, så forfærdelig, at sønnerne fik en anelse om, hvad et menneske kan lide.

Da han derefter havde stået stille lidt med hånden over panden, tog han op af sin lomme en fyldt flaske, som han smadrede imod væggen. Han gik rask hen til bordet og tog, hvad der var af flasker; som en rasende, som en, der hadede disse flasker, smældede han dem imod væggen, så skårene røg om i stuen.

Sønnerne sad ganske målløse og blege.

Da han var færdig, sagde han stille, men i en tone så dyb og underlig, som de aldrig før havde hørt: "I jeres mors navn!"

Derpå gik han hen til sønnerne.

Han løftede sin hånd i vejret med tre fingre oprakte og sagde med høj røst: "Vil I nu være med her for vor slægt - for vor fattige slægt!"

Sønnerne rejste sig alle.

Det var en stiltiende ed.

Og de gik straks bort, som om de trængte til at blive ene med deres tanker.

20

Det lille mosehus lå så forpjusket i tøbruddet.

Taget var sunket, væggene skallede. Det havde stået onde tider og ondt vejr igennem.

Der var klude stoppet i den ene rude. Havediget lå ganske sammensunket.

Per gik derinde og slog pæl ned i lergulvet i den forreste stue; han skulle lave et sengested til de store sønner, når de nu kom hjem at bo, mens den store akkord stod på.

Et par børn løb mellem hans ben. De havde ikke meget tøj på, og der var koldt.

Men de løb glade omkring alligevel, for når Per var i godt humør, kunne han sludre med dem og få liv i dem.

Sofie stod og så ud ad vinduet. Hun havde stået sådan måske en halv time. Det var forårets stemninger, at det gik mod sommer, hvad der betyder så uhyre for den fattige landarbejder, at de store sønner kom hjem, det var måske alt det, der drog hendes tanker.

På én gang blev hun opskræmt.

Der kom nemlig mennesker. Og når velklædte folk nærmede sig huset, betød det altid ondt.

"Men Herregud, Per, hvad er der nu ved det - er det ikke bolskællingen, hende den tykke?"

Per kom til, jo, det var rigtignok, og Niels Rasks kone, Højbygaard, og bolsmanden var med.

Bolskonen var i spidsen, da de kom ind.

"Vi er værgerådet!" sagde hun og skød den spidse mave frem. Hun rettede samtidig på brillerne, akkurat ligesom kolportør Madsen-Klinkerup.

Det så hel morsomt ud. Per smilede.

"Det er vor ret og vor pligt, ved du vel, Per!" sagde højbykonen og skred frem.

Bolsmanden suttede på piben: "Ja, vi er jo, - vi er jo - hm - det er jo os, der er værgerådet."

"Ja, I er sgu et pænt selskab," bemærkede Per og lo hånsk.

De to koner gik ind i sovekammeret. Bolskonen satte sit nærsynede ansigt ned i sengeklæderne og snusede og snusede og slog rynker på næsen.

De gik også ud i køkkenet. Der var næsten ingen føde i huset.

"Det kan jo godt være, at de skulle ha' noget af hjælpekassen," hviskede bolskonen.

Men højbygaardkonen svarede, at det kunne der ikke være tale om; det ville Niels Rask ikke. Per skulle bøjes, til hans eget gavn.

Mens konerne huserede, stod bolsmanden stille inde ved Per, der blev ved at tømre lidt på sengen.

Bolsmanden stod noget forlegen, ligesom tilovers, og suttede på piben.

"Hm, hm," sagde han, "hvad skal det være, du gør der med det, Per?"

"Hvad kommer det dig ved, dit fjog," var Pers korte svar.

Højbygaardkonen undersøgte børnenes tøj, hvor ringe det var, og bolskonen førte en lille pige hen til vinduet og prøvede, om der var noget at finde i hårbunden.

"Utøj tror a alligevel ikke, her er," sagde bolskonen bredt og selvbehageligt.

Sofie så over til Per med et blik, der spurgte ham: "Skal disse fremmede koner virkelig have lov at træde på mit hjerte?"

Men det kogte allerede tilstrækkeligt i Per, og det var ikke noget hyggeligt udbrud, da han spurgte dem: "Hvad satan i helvede vil I mennesker her?"

"Herre Jesu Krist!" sukkede bolskonen og slog kors for sig, som om djævlen pludselig åbenbarede sig.

Bolsmanden brystede sig: "Vi er værgerådet, og vi har en stor ret, vil a sige dig!"

"Å, du, dit doggerhoved!" svarede Per og skubbede ham for brystet, så han dejsede hen mod døren.

"Vogt dig, Per!" sagde bolskonen, idet hun hykkede tilbage.

Højbygaardkonen trådte frem og sagde, at Per vel nok vidste, hvad der var værgerådets gerning og betydning, at det var samfundsretfærdighed.

"Hykleri! Samfundsretfærdighed, det er at gi' mig arbejde! Men efter at din mand," sagde han til højbygaardkonen, "og ham fjolset der og de andre nikkedukker, for at bøje mig, har prøvet at ødelægge mig og min familie, så kommer I to og vil frelse mig og agere velgørere - føj for satan!"

"Du ved jo godt, din kone er meget syg og så'n," sagde højbygaardkonen. "Og vi må se efter."

"Og du er vel heller ikke altid, som du skal være," jebrede bolskonen ind fra baggrunden.

Bolsmanden holdt sig ved døren.

"Ja, Sofi' er svag," svarede Per stille.

Så hævede han sin røst og sagde med tiltagende vægt: "A ville gerne spørge, dersom I to koner var ude, ikke på kaffesladder, men for at tjene til brødet, når I så kom hjem og fandt jeres småbørn kvalte, forbrændte, døde - a ville gerne spørge de her to kvindfolk, hvordan I så ville bli- ve!"

Der blev et øjeblik en mærkelig stilhed.

Harmen kogte op i Per, og han udbrød: "Uh, hvor I er no'en ringe folk!"

"Du må forstå, at vi kommer ikke her for ondt; vi kom- mer for det godes skyld," indvendte højbygaardkonen.

"Jamen det er løgn!" svarede Per. "Nej, I kommer ind i et hjem på den tarveligste måde, I kan; I kommer med den grimmeste bagtanke, nogen mennesker kan ha' - og vil ta' børnene fra forældrene - I er værre end rakkere!"

"Nu skal du passe på din mund, Per!" råbte bolskonen.

Bolsmanden sekunderede: "Vi er udnævnt, og værgerå- det, vi kan gøre, hvad vi vil! Vi kan sende bud efter politi- et!"

Per sprang hen imellem dem, aldeles rasende. Han holdt endnu hammeren i sin hånd og knugede den om skaftet.

"I kunne altså virkelig tænke på at ta' vore børn fra os!"

"Det er vor ret!" sagde bolsmanden.

"Jamen, det skal den onde mane og fortære mig koste blod!" råbte Per og huggede hammeren i bordet med så- dan kraft, at fjælene brast.

Værgerådet tumlede hastigt ud.

"Han er en skidt person, han er jo ligefrem en forbryder," sagde bolskonen.

"Ren bølle," mumlede manden.

Men højbygaardkonen bed tavs tænderne sammen lige- som Niels Rask, når han var rigtig gal.

Per hvilede hånden på bordet. Han døjede med at få vej- ret, så stærkt bølgede hans bryst.

"Hvorfor skal vi altid ha' det så ondt, Per?" sukkede So- fie.

21

Sådan som sommeren kom det år til Per Holts, sådan burde sommeren altid komme til vinterens børn.

Den kom skridende ind over mosen høj og strålende og strøede sol og glæde over de fattige huse.

Sådan en sommer havde Per og Sofie ikke oplevet siden deres ungdomstid.

At en dag kunne være så fuld af skønhed!

De tre ældste sønner boede hjemme; de havde jo den store tørveakkord, og Maren, den store datter, var også hjemme for at styre huset.

Per og Sofie levede et stykke ungdom op igen, men langt skønnere næsten, syntes de, end dengang.

Der var dobbelt glæde ved det nu.

Penge var der nok af. Fire karlfolk slæbte hver dag til den samme rede, og Holtsønnerne var raske; røg igennem mosejorden som en brand.

Per smilte ved dette her. Og Sofie havde det som en dronning, hun måtte ingen ting bestille for Maren, og de var alle så gode imod hende.

Det var forunderligt at se, hvor livet vendte tilbage i Sofies udtryk, hvorledes hun mere og mere plejede sin person, hvorledes der atter kom lidt af den gamle glans over hende - hun blev for hver dag kønnere og kønnere.

- Alle så det. Hun var som en blomst, der havde stået i skygge, til den næsten var visnet.

Derfor blev Sofie rigtig som et billede på den sommer-lykke, der nu skinnede ind til familien.

Selvfølgelig blev huset snart kalket og pudset op, haven gravet, diget i orden og lågen hængt. Der kom atter en oprejsningens dag for det gamle mosehus.

Og Per rejste sit hoved på ny. Det var umuligt andet end at tro på fremtiden, når man havde sådanne sønner.

Hver aften sad de alle sammen udenfor i det grønne og talte med hinanden, spøgte og lo.

De havde i grunden aldrig før levet sammen i solen som denne sommer.

Til afveksling spillede Jens på harmonika. Han satte sig op på diget, så tonerne kunne lyde langt hen. De andre mosefolk lyttede også til, og somme tider kom de til stede og lejrede sig rundt i græsset.

Stundom fejrede de andre mosemænd også en glad aftenstund ved flasken, og da hørte man sikkert Jerik:

> ... hugge med sablen, så hun piber.
> Didelum - å - didelum, å didelum å dej
> didelum - å didelum, å - dej å -.

Spiritus var derimod én gang for alle udryddet af Holt-familien siden hin nat, Per tog sin slægt i ed.

Når mændene drak ovre i husene, sagde Per til sine sønner: "De vil glemme, a forstår det så godt, sådan kommer det let, de vil glemme det sørgelige. Men vi småfolk må ikke ville glemme, heller aldrig uretten og det onde... Og så aldrig gi' op, drenge!" tilføjede han. "Aldrig slippe det, I har fået fat i!"

Så sang Mads og Unge-Per tostemmig. Det havde de lært i sangforeningen der sønderpå.

Og det var næsten det bedste, det, de helst ville høre. Deres stemmer var unge og friske, de troede, hvad de sang, og alle sad så stille og syntes, de blev næsten til bedre mennesker ved at høre derpå.

"Der er så meget, der sker der sønder ude. A ville gerne derhen engang," sagde Per. - "Har I nu også rigtige socialistforeninger, så det duer noget?"

"Ja, ja, minsandten har vi så!" svarede Unge-Per ivrig.

Jens smilede og bemærkede, at Per var en af deres talere.

Faderen udbrød hel stolt: "Kan du tale, Per?"

Men Unge-Per rødmede ligefrem og så ned.

"A vil sateme der hen!" udbrød Per Holt uvilkårligt.

"Og dig Mads!" han slog ham på skulderen.

"Han er formand for tyendeforeningen," sagde Unge-Per.

"Nå! A tror, I er noget alle sammen - undtagen Jens."

"Han har skillingerne," sagde Mads og grinte.

"Å, det er ikke så mange."

"Jo-o!" og de lo alle sammen.

"Ja, sagen er den," sagde han, "a vil ha' mig en ejendom for mig selv, og det skal også være noget, der duer noget."

"Det, Jens skal ha', det skal altid være noget, der duer noget," sagde faderen.

Ha ha! ha!

"Ja nu kan I snakke i øst og vest og, hvordan I vil" - Jens spyttede - "det er jorden, det hele skal komme ud af. Nu f.eks. den her mose, der her ligger for os - der kunne jo blive flere byer på den!"

Per tvivlede.

Jens smilte. "Ja, ser du, far, du har jo nu ingen begreb om, hvad der kan komme ud af jorden."

"Det var satans!"

"Åh, tiden er en hel anden, end dengang du var ung, far."

Næseborene begyndte at gå på Per Holt: "Før du begyndte at knappe dine bukser, dreng," sagde han til Jens, "da snakkede a fa'n hukme selv om, hvor mange byer der kunne blive på herregårdsjordene!"

"Jamen, far," svarede Jens venligt, "nu gør vi alvor af det. Søbyholm, den store, gamle gård der sønder ude, du ved, - det varer ikke længe, inden der ligger en husmandsby på den."

"Sådan noget tror a ikke på," svarede Per.

"Husmandsforeningen køber den."

"Husmandsforeningen!... Sludder!" sagde Per. "Lad os få en tostemmig sang igen."

Dette samliv fortsattes på samme måde tre år i træk.

22

En dag var Per Holt i pudsen. Det var mange, mange år siden, det havde været tilfældet. Han kunne omtrent passe tøj med Jens, og derfor havde han fået et pænt, brugt sæt af hans. Hans hår og skæg var omhyggelig studset - det var gråsprængt nu - og Sofie havde blanket hans træsko i kakkelovnspulver.

Han var på vej sydpå; han skyndte sig over engene og Højbybro, sydpå, sydpå -.

Nu skulle han dog engang se, hvad der foregik derhenne, hvor sønnerne færdedes.

Nu havde de købt Søbyholm, det havde husmandsforeningen, og stykkede rask ud af jorden; hans ældste sønner var alle tre iblandt dem, der byggede hjem der.

Der var snart en hel by, sagde de. Men Per kunne ikke rigtig forstå, det kunne være virkeligt, at sådanne fattige knægte, at de kunne ligefrem købe en herregård.

Og så have mod til det!

Nu ville han selv se!

Han skyndte sig og blev forpustet. Årerne svulmede ved hans tindinger.

Men han higede alligevel op over bakkerne og så et frodigt, solbeskinnet landskab ligge foran sig. Rugen dræede, og frugtstøvet bares af vinden i tåge-bølger hen gennem luften.

Da han fod for fod trængte ind i dette land, så han, hvor renset markerne var, som en have.

Det var ikke et enkelt sted, men korn og kløver stod overalt så ren og fin og så overdådig frugtbar.

At de kunne! Per tyggede på skråen. Det havde han aldrig set mage til.

Jens tog imod ham ved "Kildehuset", et sommersted med kildevand, mælk og lignende svalende drikke. De tog sig et forfriskende glas og lidt bær.

Ved siden af lå en stor sportsplads, hvor unge mennesker i nydelige, lette sommerdragter tumlede sig i tennis og fodbold.

"Er der virkelig så mange fornemme folk i så'n bette by?" spurgte Per.

"Nej, det er skam tjenestekarle de fleste af dem," svarede Jens.

"Tjenestekarle! Nu har a sgu aldrig kendt mage!"

De gik videre og kom forbi en meget ejendommelig bygning, som Per kiggede noget på uden at kunne regne ud, hvad den brugtes til.

Så spurgte han sig for.

"Det er biblioteket!"

"Er det bøger?"

"Ja!"

"Da er hele huset sgu da ikke fuld af bøger?"

"Jo, det bruges ikke til andet. Naturligvis er der rum, hvor man kan sidde og læse!"

"Jamen Herregud, hvem læser alle de bøger?" Per Holt blev stående og ville have besked på dette her. "Er her en højskole eller... hvordan...?"

"Nej," svarede Jens, "det er bønder, arbejdere, husmænd, tjenestefolk, det er alle os, der bruger det."

"Nej, nu har a sgu aldrig kendt mage!" mumlede Per Holt, mens de gik videre.

De skulle jo nemlig hen til Søbyholm, til herregården, til den plads, hvor Holtsønnerne og de andre husmandsdrenge skulle bo.

Herregårdens udhuse var flyttet ud på marken og anvendt i småhjemmene der. Det var endnu i sin vorden, men der voksede en husmandsby op her, hvor herremandens jorder før strakte sig viden om.

Det var altså virkeligt.

Men han blev alligevel længe stående stille i beskuelse af det, for ligesom til fulde at forvisse sig om, at han ikkc tog fejl.

Endelig sagde han til Jens: "Ja, nu ser a det, og nu ved a ikke, hvad en mere kunne ønske sig."

"Å -" svarede Jens, "dette her er der ikke stort stads ved... ja nok for os måske, men dem, der kommer efter os, de får jo jorden alt for dyr..."

Per Holt var næsten ved at gå bagover.

"Er du ikke fornøjet endnu, Jens.? - I er vistnok også no'en vanskelige herrer, he, he!"

"Nej, dette her er lapperi, men vi finder vel nok løsningen engang, den, der duer noget!"

Per smålo: "Nå ja, ja - he - der er langt til verdens ende, Jens, det er også sandt, he...

Nå, og her skal I altså bo, I tre brødre?"

De var nemlig kommet bag om parken henimod den sivgroede voldgrav.

Da blev Per så mild og god i sit ansigtsudtryk, fordi han blev glad.

"Å, hvor pænt her er! Og sikke pæne, nye huse I får! Det skulle Sofi' se!"

Han havde tårer i øjnene, men han gjorde alt, for at Jens ikke skulle mærke noget; han stak ivrig i jorden og slog med kæppen til jordknoldene.

Så kom han til at se over på hovedbygningen, en gammel, smuk og statelig middelalderborg, der lå gemt bag voldgraven, halvt skjult af parkens træer.

"Men nu hovedbygningen?" spurgte Per.

"Den bliver stående. En del af den vil vi bruge til mødelokale, og en del indretter vi til vore forældre og de gamle iblandt os, hvem der har lyst at bo der.

Og, far... vi vil jo nu ha' mor og dig over til os, og nu kan I tale med hinanden om, hvor I vil være, enten vi skal indrette en stue til jer i vort hus, eller I vil bo på herregården?"

Per Holt grinte: "A vil sgu da bo på slottet, he, he..., så bliver a alligevel herremand, inden a dør, he, he!"

"Ja, der er jo pænt og behageligt at spadsere i parken og se på svanerne og så'n," svarede Jens med smil om munden.

Men Per blev ved at grine; han kunne ikke lade være.

"I er sgu ikke billige, ha, ha. Å, Gud Fader bevares, det skulle kammerherren på Gyldholm ha' set."

De fulgtes ad ind gennem haveanlægget. "Dette her er vi blevet enige om at holde i orden, far, sådan at vi har et sted, hvor vore gamle og vore børn kan være glade for at gå hen. Skoven fredes til fælles brug, og så har vi også et sted til vore sommermøder." -

Flere timer var Per Holt hos sine sønner, og han fik hvilt sig godt inden hjemturen.

Han lovede bestemt at komme igen om fjorten dage.

"Så holder vi for første gang møde under vore egne træer og ikke under kammerjunkerens," var det sidste, Jens sagde til sin far, da de skiltes ved korsvejen.

23

Fjorten dage efter sad Per Holt på skråningen norden for Søbyholm og så hen over det gamle herresæde og den ny husmandsby, der rejste sig på dets marker. Han tænkte frem og tilbage over det og så meget andet.

Og over sit eget livs dage.

Per er nu en gråhåret mand. Han er tør og indfalden, og Jenses trøje, som han har på, er rigelig stor til ham. Fylden er borte; skarpe, stærkt udprægede er hans faste, mandige træk. Ungdommens strålende glans er forsvundet fra hans brune øjne, men deres dybe varme røber, at der endnu gløder en sjæl i hans bryst.

Fra skråningen her kan han se, når det store tog sætter sig i bevægelse fra stationen. Når de går derfra, kan han godt nå at støde til dem ved alléen ind til Søbyholm.

Nu hører han hornsignaler fra byen, og det giver et jag i den gamle dragon.

Se, hvor de samles! Se, hvor de samles! Strømmer til!
Og så fanerne!

Musikken lyder. Toget skrider langsomt frem, slynger sig gennem landsbyen, ses og bliver smutvis borte på sin bugtede vej.

Det er altså småfolk, de fleste af dem, der kommer, det er hans folk, det er dem fra udkanten af samfundet, det er udmarksfolkenes tog!

De spiller deres egne melodier til deres egne sange, dem, han har hørt flere gange.

Å ja, her ad denne allé har de fine herregårdsslægter kørt i deres kareter i mange hundrede år, og nu kommer de her husmandsdrenge her, og nu er det deres - vores, vores!

Inde i den fordums herregårdsskov holder de nu møder under deres egne træer... og Unge-Per skal tale!... Der sidder et lyst hoved på den dreng...

Det bævrer om Per Holts mund, men man kan se, at det er af glæde.

Nu gjalder musikken rigtig op til ham, idet toget svinger om ved skolen, de vækkende toner fra de blanke horn...

Det er sandt, han måtte af sted, han havde nær glemt, at han skulle med!

Han skulle jo selv med, personlig!

End om han kom for sent!

Per næsten løber ned ad skråningen, for han vil gå i det tog, under de faner og efter den musik!

Han vil tage dem lige ved indgangen til alléen.

Å, at han skal med! At han skal med!

Det hulker i Pers bryst af bevægelse, og nu, han næsten har løbet det sidste stykke for at komme tidsnok, så er det ved at tage vejret fra ham.

Tilmed lyder musikken nu atter igen så stærkt op til ham, så brusende, så varmende - at det skulle times ham -. Ja se, det er altså livet...

Men han må stå stille lidt... det sortner for hans øjne, synes han. Det er bedst, han sætter sig lidt på grøftekanten...

- Men da toget nåede hen til ham, var Per Holts hoved sunket for sidste gang.

Han lå så pæn i græsset mellem de blide, blå klokkeblomster.